고
독
은
나
의
친
구

그 지독한 고독의 열정

친
밀
한
배
신
자

대사는 외우는 것이 아니라 몸으로 스며들고 기억하는 것

TRASHY

친

밀

한

배

신

자

친

밀

한

은상 장편소설

배

신

자

작품은 사실에 기반한 소설이지만 등장한 모든 인물, 이름, 집단, 사건은 허구이며 만일 실제와 같은 경우가 있더라도 이는 우연에 의한 것임을 밝힙니다.

목 차

아프제 / 배우 유 퉁 ·· 9

운명의 끈 / 해천 김 미숙 ·· 10

프롤로그 ·· 12

1부/ 말죽거리 잔혹사 1986 ·· 13

제2화/종희의 첫 만남 ··· 27

3화/덕원 그리고 가정사. ·· 40

4화/동거와 이별 ··· 49

5화/무용과 새로운 시작 ··· 57

6화/선배 ·· 68

7화/덕원 그리고 욕망과 재회 ·· 74

8화/재회 그리고 죽음 ··· 85

9화/그해 겨울 데모, 방황 ·· 100

10화/다시 재회 그리고 덕원, 마담. 오달 ······························ 107

11화/종희의 은밀한 사생활. ·· 122

12화/사채와 경매 ··· 131

13화/종희의 죽음과 비밀. ·· 155

14화/성엽과 누나 ··· 167

15화/이토록 친밀한 배신자 ··· 184

작가의 말 ·· 223

예술/윤상 ·· 223

아프제 / 배우 유 통

나도 아프다.

가슴엔 지진이 나서 쩌억쩌억 갈라져 잇고

사랑의 강바닥은 말라 붙은지 오래 되엇고

배신의 늪에서 아직도 헤메이고 있다.

대문 열면 사연이라는 호랭이 놈이 떡 버티고 있더라.

유통

운명의 끈 / 해천 김 미숙

인연의 끈은 누가 이어줄까?

우리 인연의 끈은 우리가 조절할 수 있는 문제가 아니다.

그냥 마지막 선과 선율이 느껴질때 이어지는 것이다.

끊어지려고 하는 얇은 명주실처럼

프롤로그

나의 아버지는 술주정뱅이에 호색한이지만 내 꿈은 빛났고 삶은 비루했다

흰 눈발이 흩날리는 을씨년스러운 크리스마스이브 날. 고즈넉하게 멀리서 교회 종소리가 울리고 저마다 바쁘게 걸어가는 남루한 사람들 뒤로, 건너편 자갈치 시장을 지나 국제시장 안으로 골목 한 모퉁이를 지나서 어느 청년이 자신의 아지트와 같은 작은 방에서 거리로 나와, 잠깐 망설이는 표정으로 도로 건너편 은행을 향해 천천히 발걸음을 재촉한다.

그가 흐뭇한 미소와 함께 문을 열자, 옷깃을 살짝 스치며 지나가는 여인에게서 짙은 향기가 묻어났다. 청년이 외쳤다.

"종희야.

놀라 흠칫 뒤돌아본, 그녀의 검은 머리칼이 침묵 속에 팔락거렸다.

1985년 3월 초 긴 겨울이 끝나고 이제 새로운 학기가 막 시작되었다.

강변을 따라 이어진 논두렁에는 짓 다만 학교만이 덩그러니 서 있다.

학교 일부는 완성되었고 나머지 50%는 미완성이다.

1부/ 말죽거리 잔혹사 1986

넓은 운동장에는 하오의 용광로 같은 뙤약볕이 반짝이는 빛기둥이 되어 모래바닥에 내리꽂히고 교실 안에는 수업이 한창이었다.

선생이 말했다.

"자, 오늘은 저번 중간고사 때 유독 성적이 향상 된 학생이 있어서 박수 한번 쳐주고 수업 시작하자."

'   "음..이창열 앞으로 나와.'

                    "네."

학생들은 서로 웅성거렸다.

"머야....머꼬, 절마가 지인짜가......."

창열은 순간 웃는 성엽의 얼굴을 째려 보았다.

선생은 책상을 둔탁하게 '탁탁' 치면서 크게 소리쳤다.

     "자자. 조용. 평소 56등에서 9등까지 월등하게 올랐네. 자..모두 박수.'

 '짝짝....... 와....아...................

선생은 갑자기 얼굴 안색이 돌변했다.

그의 귀를 잡으면서.

"요놈의 새끼가 컨닝도 어지간히 해야지. 니 대갈빠리로 말이 된 다꼬 생각하나?

공부 머리는 다....타고 나는 기라, 니같은 농띠가 죽자사자한다고 되는 기 아이다.
하기사, 천재와 바보가 종이 한 장 차이로 도긴개긴이기 때문에 남 탓할 일이 아이지.

선생은 귀를 더 세게 잡아당겼다.

"요놈이 더 가까이 안오나?

창열은 까치발을 동동거리면서 말했다.

"아...아...컨닝 아인데예...시가빠지게 열씨미했는데예.'

선생은 노발대발했다.

'이노무새끼가 으데 거짓말하노? 낼 여거 부모님 학교에 오시라케라 알것나?

발로 엉덩이를 차면서.

'퍼득 안들어가나? 이 자슥아.

선생은 손을 탁탁 털면서 말했다.

"자 자, 다같이 따라하고 위 런 이글리시 앳 스쿨(우리는 학교에

서 영어를 배운다)

학생들 일제히 큰소리로 외쳤다.

위런 잉글리쉬앳 스쿨~

선생은 말했다.

'자, 오늘은 영어 형용사에 대해 한번 설명해 볼 사람.

선생은 책상 맨 끝에 얼굴을 수그리고 있는 오달이가 한 눈에 쏙 들어왔다.

"이 줄 맨 끄트머리에 얼굴 쳐 박고 있는 너구리같은 새끼. 니가 한번 말에 봐라.

그는 머리를 갸우뚱거리며 말했다.

"잘 모르겠는 데에.

"잘 몰라? 그라믄. 생각나는 데까지 말해봐라?

"한 개도 생각 안나는 데에.

선생님은 큰소리를 질렀다.

"앤가이 자랑이다, 이 노무새끼야.

긴 회초리를 가지고 그에게 다가가면서.

"모가지 쭉..욱 빼고, 요기,요, 엎드려.

옆자리 학생들은 장단을 맞췄다.

"쭉...빼.쭉쭉 빼.

그가 목을 빼고 책상에 엎드리자, 선생은 회초리로 목을 향해 힘껏 내리쳤다.

"탁탁탁.

'아야.......야.........아...

그는 엄살을 부렸다.

"이놈이 엄살은....아이고..야..내가 이런 돌삐들 델꼬 모하겠노. 세상에서 젤 급한 볼일 보러간다. 반장, 자습하고 있어. 떠들마, 야구 뭉둥이로 나는 한방에 조진다.
자...알 알제 느그들. 긴 말 안해도.

반장. 떠드는 놈 있으마 한 놈씩 이름 적어놔라.

반장은 냉큼 대답했다.

네....

드르륵.

탁....

선생이 교실 문을 열고 나가자. 창열은 큰 소리로 말했다.

"야, 꼰대 갔다. 아휴, 니미, 이제 좀 살것네. 이 쉐끼들 조용 안허냐. 학교에는 책들 보고 지식을 처 잡숴야지. 밴또나 까처 먹고 아,냐...이 씹새들이 토욜인데 밴또는 왜 싸오노...?

한 학생이 말했다.

"오늘 목욜인디?

뒤통수를 때리면서.

'니똥 굵다 그래.이씹새야. 아, 냐, 오늘 밴또 또 깜박했넹.....

갑자기 배가 아파서 교실 문을 열면서 창열은 말했다.

"아이고 배야. 참, 엽이! 너, 아까전에 젤 크게 웃었제. 딱 잘 걸렸다.

오늘 영..엉 일진도 좆같은디. 화장실로 따라와!"

나는 아무런 대꾸도 없이 그저 묵묵부답으로 뒷문으로 조용히 화장실로 먼저 들어갔다.

그가 화장실로 들어오자마자. 나의 팔을 잡고 애원하듯이 말했다.

"잠깐, 잠깐...만...좀..있어 봐라.

나는 시큰둥하게 말했다.

"어, 머여? 이쉑끼가 약 잘못 믁었나?

지가 화장실 먼저 오라더니. 뭔 헛소리여.. 이 팔 안놔...

그때 똥 싸는 소리가 들렸다.

"뿌직...직......뿡오옹..................

그는 엉덩이 바지를 잡고 까치발로 동동거렸다.

나는 코를 막고 인상을 찌푸리며 말했다.

"머여, 금방 눈깔 크게 뜨고 죽일 거 같이 지랄하디. 겨우 똥 싸는 거, 보여주려고 생 쑈를 한겨?

"아이고 니미, 더럽게 무섭다. 무서워....

순간 화장실 문이 '벌컥' 열렸다. 3학년 일진 동창이란 선배가 들이닥쳤다.

바짝 긴장하면서 서 있는 우린 일제히 '좆됐다'의 표정이 되는데 애써 무표정한 얼굴을 유지했다.

"이 노무 쉑끼들이, 너 거들 지금 여서 머하는 기고? 어! 마, 너 몇 학년이고?" 나는 군기 바짝 들은 표정으로.

"1학년 입니더."라고 말했다.

"이것들이, 겁대가리 상실했나, 어데서 싸움질이고. 어! 엎드려뻗쳐!"

창열이 먼저 엎드리는 순간, 수업을 알리는 종소리가 울렸다.

"딩.......동.......댕"

"일어나, 너거들, 한번만 더 화장실에서 이 짓거리하면 직이쁜다, 알았나!"

"네, 알겠습니더."

"퍼뜩 안기어 들어가나!"

그렇게 그와 나는 대쪽 같은 선배의 어깃장에 아무런 대꾸도 없이 교실로 얼른 들어갔다.

선배는 갑자기 코를 틀어막고 킁킁거렸다.

"이기 먼 냄새고... 머여, 이거? 저.. 절마가 바지에 똥샨겨............

뛰어가는 창열의 엉덩이가 그의 눈에 꽂혔다.

방과 후, 친구 오달은 내심 부러워는 지, 나의 어깨를 탁탁 치면서.

"엽아, 아까, 글마한테 머라캣는데. 꼼짝 못하노? 우리가 이깃뿟네.

나는 심드렁하게 말했다.

"네가 화장실에서 글마, 다시 한번 더 우릴 건드리마, 확 마, 쥑이쁜

다캤다. 너 안심하라고. 그단...새 똥까이 싸고 내 더러워서 함 봐줬다. 아이가?

자고로 싸움은.....말이여. 주츰 거리거나 망설이는 넘이 지는 거여... 먼저 선방으로 조지는 놈이 이기는 거여....그라고...가마니 안잇으마,.....지가 으쩔긴데..........남자는 말이여 어딜가나...쪽팔리는 순간...학교생활 바...로 좆이야. 임마.

그는 고개를 말없이 끄덕였다.

"그래 맞다, 앞으로 엽이 니밀고 합기도 도장에 좀 다녀야겠네. 근디, 합기도는 헤드락 걸렸을 때, 어케 빠져 나오노?

나는 신나게 시범을 보여줬다.

"헤드락 걸려고 온다. 오는 거, 딱 보고 와사바리 걸어가, 일나마, 발로 차고 정신 못 차릴 때 뺨따귀를 한번 날리고, 부우..웅 날아가. 다시 팍 차면 돼?

"그라믄, 합기도는 와사바리 걸어가 일나마, 무조건 부우..웅 날아서, 그대.....로 파..팍. 차면 되냐?

나는 고개를 끄덕이며 긍정의 신호를 보냈다.

"고로치.................
그는 멀뚱하게 쳐다보면서.

"아 하...글구나.......글마, 안 그래도 언제 한번 족치려고 벼르고 있었는데? 언제 함 써먹어야겠네. 엽아, 좀 잇다, 아, 애들 삥뜯고 한잔 하러 갈래? 으떤노?

멋쩍은 웃음으로.

"그라믄 간만에 함 가보까."

갑자기 그는 눈이 번쩍거리며 빛났다.

우린 각자 길거리의 담배꽁초 중에 긴 장초를 줍기 바빴다.

특히 버스 정류장에는 긴 장초가 많다.

회사원들이 차가 오면 바로 끄고 타기 때문이다. 멀찍이 모범생으로 보이는 한 무리의 녀석들이 요란스럽게 떠들면서 걸어가고 있었다.

오달은 먹이를 본 사자처럼 잽싸게 달려갔다.

"마, 거, 안서! 돈 있음, 퍼뜩 내봐라. 언능?"

기가 팍 죽은 한 녀석이 모기 목소리로 대답했다.

"어, 오늘 점심 싸먹고 우리 돈 없어. 그저께 너거들 마이 가갓다 아이가?"

"마, 어데서 징징거리고 있노? 확! 씨발, 순한 말로 할 때, 언능 안내 논나? 뒤져서 나오면 한 낭에 죽통 국밥 두 그릇씩[주먹 2대] 자..알 말아주께. 으떡할래?"

우연히 그 모습을 쭉 지켜보던 눈치 빠른 학생과장이 손가락질하면서 소리쳤다.

"야,…… 너이 쉐이키들…… 당장 거, 안서나?"

낭패였다.

"에이, 니미럴! 더럽게 재수 없네. 튀라!"

우린 미친 듯이 달리고 달렸다.

익히 악명 높은 학생과장이라서 잡히면 뼈도 못 추린다는 사실을, 우린 너무나 잘 알고 있었다. 그 길로 학교 지리에 익숙한 골목길, 단골 분식점으로 피신했다.

분식점 문을 열자, 빨강색 앞치마를 두른 주인 여자가 호들갑스럽게 교태 썩인 환영을 했다.

"어머, 성엽이 오랜만에 왔네."

마침 TV 뉴스가 흘러나왔다.

속보입니다. 화성시 태안읍 목초지에서 살인 사건이 발생했습니다.

살해에는 대부분 스타킹이나 양말 등 피해자의 옷가지가 이용되고 성폭행당한 여성의 특정 부위가 심하게 훼손되거나 이물질이 삽입된 채 목이 졸려 숨져 있었습니다. 범인은 버스 정류장에서 귀가하는 피해자 집 사이로 연결된 논밭길이나 오솔길 등에 숨어 있다가 범행했는데, 당시 주변이 논밭이어서 인적이 드물었던 점을 이용했습니다.

단독 사건으로 수사하던 경찰은 범행수법의 연관성이 확인돼 연쇄살인 사건으로 전환됐고 대대적인 범인 검거 작업이 시작됐습니다.

나는 리모컨을 집어 들면서.

"야. 시끄럽다. 고마 좀 끄쁘라. 아직도 저런 쓰레기 같은 넘이 있네. 연약한 여자만 골라서 쥑잇네. 와아, 저런 사이코가 한번 미치부마, 걷잡을 수 업다카이. 퍼득 잡아야 될긴데, 클났뺏네.

"하이고, 나라가 우찌될라꼬, 이카노? 차암내.

"이모, 여기 담배 한까치요."

여주인은 마치 아들 대하듯이,

"어, 그래, 오늘은 일찍 마쳤네?"

 엄마에게 애교라도 부리듯 능청스럽게, 순간 여주인 가슴 꼴 사이로 향긋한 살냄새가 코끝으로 훅 들어왔다.

나는 본능을 이성으로 꾹 참고 주문했다.

"아, 뭐, 늘상 있는 일인걸요. 새삼스럽게." 갑자기 허기가 졌다.

"라면도 하나 더요. 이모."

여주인은 야릇한 미소와 함께 부엌으로 들어가면서.

"그래, 금방 해 줄게, 기다려!"

학교 수업 7교시 중에 나와 그는 매번 4교시만 하고 무단으로 집에 갔다. 다른 애들에게 대리 출석을 부탁하고 학교 수업을 빼먹고 나왔다.

이것은 마치 국회의원이나 권력자들이 누리는 특권 인양 수업을 빼먹고 나오는 것이 아주 큰 벼슬처럼 학교에서 일진을 가늠하는 저울질이다.

문과 고등학교는 1차까지는 공부 잘하는 애들이 가고, 2차는 1차에서 평균 점수 미달인 학생들만 가는 곳이다.

마른 휴지가 물을 머금듯이, 거리는 짙은 어둠에 뒤덮였다.

오달은 분식점에서 라면 한 그릇을 싹 다 비우고 담배 한 대를 입에 물고 넌지시.

"야, 오늘 저녁에 기용이란 놈이 시내 데끼리(식당이름)에서 돌상 애들과 한잔 한다 카던데, 니가 좋아하는 종희도 온다 카더라."

그녀는 내가 속으로만 짝사랑하던 돌상의 같은 학년의 여자애였다.

그녀는 단 한 번도 보지 않았지만 나에게 무척 낯익게 느껴졌다. 아니, 처음부터 이상한 친밀감을 불러일으켰다.

오달은 그녀를 익히 잘 알고 있는 사이다. 오늘이 그녀를 나에게 소개시켜 줄 중요한 기회였다.

그녀 역시 친구들의 성화에 못 이겨 무성한 소문으로만 익히 나를 잘 알고 있었다.

오달은 담뱃불을 빈 깡통에 비벼 끄면서.

"오늘 년들, 술 이빠이 먹여서 함할라카는갑다."

함 가볼래, 으떡할래?

나는 그 말에 눈이 절로 번쩍거리며.

"정말이가?

그라믄, 퍼뜩 함가보자.

오달은 오묘한 미소를 지으며 말했다.

"어, 그라까?"

라고 말하며 나는 설레는 기분을 안고 문을 나섰다.

제2화/종희의 첫 만남

나는 담배와 안다미로 라면 한 그릇을 개밥그릇처럼 싹 다 비우고 우린 시내 식당으로 곧장 향했다. 밤이지만 아직 도심 빌딩 열기는 가시지 않았다. 술집과 거리의 네온사인이 차츰 불빛을 밝히기 시작했다. 새까만 밤하늘이 사과를 반쯤 씹어 먹다 말고 뱉어놓은 고깃덩어리 같은 누런 달이 휘황찬란하게 떠 있었다. 거리 곳곳에서 숨구멍을 틔우는 시끄러운 음악 소리와 익숙한 사내의 목소리가 낯선 술집 문틈 사이로 반쯤 삐죽 새어 나왔다.

"이모, 여기 김치찌개하고 계란말이, 그라고 소주 다섯 병요."

아직 미 소년티가 남아있는 학생들. 식당 분위기는 희끄무레하게 담배 연기 사이로 남녀학생들이 저마다 볼이 빨갛게 달아 있었다.

나는 식당 안으로 들어갔다.

"어, 성엽이 왔나." 철호가 반갑게 인사했다.

그의 눈은 벌써 술기운에 젖었고, 흥분한 입술은 실룩이고 있었다. 잠시 분위기를 파악하고 나는 말했다.

"야~하, 오늘 마, 문디 자슥들 씨게 다모이뿟네잉~

철호를 보면서.

"아하, 저 꼴보기실은 벼엉신시키는 항상 해맑고 지랄이넹,

야, 오달아! 종희는 으..언제 온다카더노?"

"이따 오겠지? 근데 종희도 은근히 니 좋아하는 눈치더라. 이참에 좀 잘해보지?"

나는 불리하고 어색한 대답 대신, 동문서답으로 말했다.

"니는 담배와 사랑 중에 공통점이 머라 생각 하노?"

오달은 뜬금없다는 표정으로.

"그기 머슨 말이고? 라고 묻자, 나는 마치 삶의 정답을 통찰하는 소크라테스처럼 본능적으로.

"피우고 사길 땐 좋아서 미치는데, 끊으면 사는 게 허무하고 재미읍다 아이가? 사랑도 그렇고, 안 그렇나? 니는 으에 생각 하노?"

오달, 역시 동문서답이다.

"아이고, 배야 갑자기 속이 와이래 안존노? 화장실 퍼득 갓다오께. 너거들끼리 먼저 마시고 잇어라잉.

　　나는 냉큼 말했다.

　　　　"종희 올 때 됐다. 퍼득 갓다온나? 임마.

그는 배를 만지면서.

　　　　"예설.

콰.. 광......

갑자기 천둥소리와 함께 소낙비가 억수같이 쏟아졌다. 나는 흠칫 놀라면서 소리쳤다.

"아이고, 깜짝이야, 이기 먼일이고, 비가 억수같이 내리삐네.

이때 스르륵 문이 열리더니, 비에 흠뻑 젖은 머리를 털고 들어오는 여인을 보면서 철호가 손짓하며 말했다.

"어, 여기!....종희 왔나. 비,, 마이 안맞았나? 개안나,,,인사해라!....내 친구, 성엽이다!

그녀는 배시시 웃으며.

"개안타...갑자기 비가, 와이리 오노,,반가워! 이 종희라고 해! 잘 지내보자, 같은 학년인데?"

나는 천연덕스럽게.

"어, 그으래 아덜한테 니 얘기 귀에 못이 박히도록 마이 들었다, 아이가. 앞으로 잘 지내보자."

그녀가 새침하게 말했다.

"잠깐 눈 좀 감아 볼래?

'갑자기 눈은 왜 감노?

'빨리 감아봐."

그녀는 눈을 감은 나의 목에 은근슬쩍 목걸이를 걸어 주었다.

"이제 눈떠봐."

"따악...잘 어울리네."

"이기 머으꼬?"

이게 우리 아빠가 돌아가실 때 날 지켜준다고 준건데, 힘들 때 널 지켜줄 거야.

니 눈동자가 왠지 행복하게 보이질 않아.

나는 눈이 휘둥그레지며 말했다.

"거참, 신기하네? 니는 사람 눈만 보면 다 보이는 가비네.

"내가 이런 거 받아도 되나, 모르겠네? 너 거 아빠가 준 건데?

"아무렴 어떠니, 좋은 일인데. 평소에 나보다 힘든 사람 있으면 서로 도와주고 집에 친구들이 놀러 와서 값비싼 물건이 없어져도 알아도 모른 척 늘 양보하고 살라고 그렇게 말씀하셨어. 하늘에서 아빠도 좋아하실 거야. 우리가 첨 만난 이정표로 주는 거야.

'잊지마."

나는 괜히 머리를 쓰다듬으면서 말했다.

"나원 참, 태어나서 여자한테 이런 모호한 기분은 첨 느끼 본다."

내 감정을 침범하고 있는 이 야릇한 기분은 또 무엇인지 나는 마음속으로 뇌까렸다.

그녀의 작은 친절에 입가에 슬며시 미소가 지어졌다.

철호는 이때다 싶어서 냉큼 끼어들었다.

"아이고, 남사시러버라. 엽이 올 기분 째지네...종희한테 홀딱 빠지가, 선물까이 받고, 오늘부터 잘 해보거래이, 그라고, 니, 엊그제 종희 마이 좋아한다고 했잖아? 쪽이 밥 먹여 주나? 이참에 둘이 한 번 잘 사귀어 봐라."

아덜한테 다 말했응께. ……

나는 얼굴이 빨갛게 달아오르면서 말했다.

"아따, 고마 씨부리고 쳐 드시오.

이때 오달은 모른 척 슬며시 문을 열고 들어왔다.

"아이고....갑자기 설사가 와이래나노?....어, 종희왔나? 와, 그단새 너거들끼리 머슨 조은 일 있었나? 분위기 와이래 조용하노?

오달은 뜬금없이 물었다.

"종희야! 니도...성엽이 존나.... 으떤노?

그녀는 부끄러워서 얼굴이 빨개졌다. 내심 속마음의 은밀한 비밀을 들킨 쾌감 같은 것이었다. 그녀는 나의 눈빛에 사로잡히고 싶었다. 아니 그 강렬한 눈빛의 포로가 되고 싶었다. 비 오는 식당 밖으로 우산도 없이 뛰쳐나가면서 그녀가 외쳤다.

"아이, 몰라."

오달은 갸우뚱거리며 말했다.

"어, 자가, 와카노? 내 화장실 간 사이에 너거들끼리 머슨 일 있었나? 쟈가, 와,저래가삐노? 이상하네, 저래 갈 아가 아인데?

비는 점점 더 거세게 내렸다.

"쏴..... 아..................

　　　　　내리고.....

　　　　　　　　　　내리고....................

빗속을 뛰어가는 그녀의 뒷모습을 나는 멍하니 한참을 바라보았다.

나는 담배와 술이 선천적으로 몸에 맞질 않았다. 친구들과 사귀고 일진에 들기 위해선 어쩔 수 없이 피우고 마실 수밖에 없었다.

잠시 침묵이 흐르고 옆에서 조용히 지켜보던 철호가 한마디 툭 내뱉었다.

"………야, 고마 잘 갔다. 놔도뿌라! 우리끼리 기냥 마시자. 그라고, 향숙이는 기용이와 같이 잔나? 으찌됐노? 오지게 조았겠네? 와, 말이 없노? 너 거들 사귀는 거, 온 세상이 다 아는 데, 뭣 내숭까노? 향숙이가 싸움도 학교에서 짱이지 아마?"

기용은 꽤 노골적인 비아냥의 뉘앙스에 표정이 꽤 예민해졌다. 은근히 싸늘해지는 분위기였다.

그를 잔뜩 벼르고 있던 기용은 화가 끝까지 치밀어 올라 그의 뒤통수를 사정없이 냅다 후려쳤다.

"탁." 그는 머리를 만지작거리며 소리쳤다.

"아야! 씹팔, 왜 때리고 그라노."라고 말하자, 기용은 큰 소리로 말했다.

"아가리 안 닥치나, 이 쉑갸. 누가 잣다 카더노, 내가 니 개 호구 좃으로 보이나비네.

언 놈이 카더노. 단디 말해라. 와? 겁나서 이름을 못대나?

　　　　　철호는 서름서름하게 눈치를 보며 말했다.

　　'그른 게 아이고.

"그라마, 와, 퍼득 이름을 못대노? 언 쌍놈의 쉒끼가, 이레 구라를 쳐놓고 책임을 안지노. 어이?

곧바로 기용이가 그의 얼굴에 주먹을 날리려고 할 때 오달은 팔을 잡고 완력으로 제지 시키며 말했다.

"야, 오랜만에 친구끼리 한잔할라 카는 데, 농담 갖고 와 카노? 철호야, 인마! 니가 그카이 아덜한테 자꾸 나가리[왕따]되는 기라, 그리 안 될라 카마, 정신 똑바로 차려라. 이 자슥아!"

그 사이에 기용은 독을 품고 쏘아 댔다.

"와, 후달리냐. 너, 이 새끼, 한번만 더 쓸데없이 아리[개아리준말] 틀다 맞는 다잉."

취기와 고통이 뒤섞인 추해 보이는 얼굴로 철호가 말했다.

"아따, 기분도 거시기 한디, 오늘 함 칠랑가비네."니는 아직도 내가.... 니, 졸로 보이나?

니가 내를 칭구로 생각한 적이 단 한번이라도 잇나, 읍나? 고것이 오늘 니캉 내캉 심..도 있게 이바구할 본질이여. 니하고 같이 다니마, 학교생활 기냥 쭉... 뻗은 아스팔트 줄 알고 기냥 같이 다녔다 아이가?

근디 죽을때까지 니 딱까리나하고 펑..엉.생 살 줄 알았나?

니 졸따구나하고, 여태 깡다구로. 와, 이때까지 아....무 말 없이 왔는 줄 아나?

야그 해..주까? 그라마, 억...시 학교생활 고속도로인 줄 알았지. 니가 세..상 젤 ....목숨같이 생각하는 그 얄..팍한 객기 같은 존심. 내도 한번 부려 봤다.와, 그기 그으래 잘못됐나?

"저짜, 절마들도 니를 지..인짜로 칭구로 생각하는 것 같나?

"좆까라마이싱이다.[쓸데없는 소리 하지 마라] 아....무도 없다. 자슥아! 퍼뜩 꿈깨라, 깨. 니하고 잇으마 머, 아, 쉐끼들 괜히 쫄지 싶어서 개좆도 모르고 같이 논다, 아이가?

니 밑에 딱까리들, 니를 칭구로 생각하는 새끼들 단 한 명도 없다.

그기 현실이다.

알긋나?

니 혼자 방방거리지 말고 설레발이 고마치라. 이 자슥아! 그라고.

내도 니가 불쌍해서 같이 다녔지, 칭구로 생각한 적 단 한 번도 없거똥이 더러워 피하지 겁나서 피하나? 이제 으에 돌아가는 지, 대갈빠리에 좀 박히나?

야이, 또라이 병엉신 쉐갸!

본질을 꿰뚫는 그의 말에 할 말을 잃은 기용은 멱살을 잡고 말했다.

"일마가 쳐 돌앗나?

철호는 두 눈을 부릅뜨고 말했다.

"내가, 실실쪼개면서 말하니께 좆도 니알로 보이는갑제? 뱃돼지를 확악....짜갈라서 속시원......하게 보여줘야 말귀가 통할란가?

칠라마, 치라. 이 벼..엉신.쉐끼야.......

철호는 섞어 마신 술과 졸음에 취한 눈으로 보는 사물들은 조금씩 일그러져 있었다. 어떻게 보면 약간 취한 것 같았다. 취중의 분위기를, 자신의 무원칙한 태도를 어느 정도 즐기고 있는 것 같았다.

나는 무슨 일이 곧 벌어질 것 같아 잽싸게 끼어들었다.

"야, 됐다마, 어지가....이..히 해라. 세상에 완벽한 인간이 어데잇노, 살다보마 누구나 다, 잘못하고 실수하며 사는 기지, 친구끼리 고마, 앤가히 해라잉.

기용은 재수하고 또래 친구들보다 한 두어 살 정도 나이가 많았다. 암묵적으로 전교에서 일진이 되려고 혼자 열심히 발버둥만 치는 놈이었다.

오늘 술자리를 통해서 자신의 하수인들에게 텃세를 부렸지만 아무도 알아주지 않았다. 그날 밤 평소보다 훨씬 많은 술을 마시고, 모두 덩달아 머리꼭지까지 얼큰히 취해 버렸다. 봄 향기처럼 그녀와 첫 만남의 풋풋하고 설레는 기억은 녀석들의 술자리와 뒤엉켜 난장판이 되었다. 그것을 아는지, 모르는지, 향긋한 봄바람이 코끝을 스쳤다. 다가올 바람이 태풍이든, 실바람이든 결단코 새로운 바람인 것만은 분명했다.

#종희

보름 뒤, 스산한 바람이 불고 부슬비가 추적추적 내리는 달동네 산자락에 들어선 빡빡한 집들 사이로 어둠은 유난히 게으르게 찾아왔다. 시장 한 모퉁이 허름한 여관 앞에선 얼핏 보기에도 고등학생으로 보이는 앳된 녀석들이 서로 눈치를 보면서 정신없이 오갔다.

"야, 씨발! 내가 이겼잖아, 돈 내놔."

"없어, 배 째."

"야 이, 양아치 같은 넘이 돈도 없으면서 짤짤이냐?"

"그래, 내 양아치다. 우짤긴데? 주디만 살아 갖고.

나는 옥신각신하는 친구들을 썩 달갑지 않은 표정으로 물끄러미 바라보면서 물었다.

"야, 칭구끼리 고마 작작해라. 돌상에 종희는 언제 온다카더노?"

그때 한 녀석이 웃어야 할지 말아야 할지 곤란해하면서.

"니 아직 모르나?....... 그 년, 다른 학교 놈쉐끼하고.... 눈 맞아갖고 동거 한다 카던데?....... 진짜 얍삽한 놈은..... 년들 마음을 훔친다 아이가!...... 글마는 그년 마음을 그단새.... 가져..가뿟는...기라.... 글마... 이름이... 종...... 머라 카던데,.,아,..... 종대, ...그래...종대 맞다.

손뼉을 '짝' 치면서.

"아, 그라고.... 아덜 사이에.... 동네 개라고... 소문이 파다......하던데?

　　　　　　　　니는 몰랐는 갑제?"

나는 녀석의 설레발에 바닥에 나뒹구는 생수통을 집어 들고 녀석의 면상을 향해 강하게 내리찍고 또 찍었다.

'퍽...퍼퍽....

　　퍽...

녀석의 신음소리가 새어 나왔다.

"억.... 어흐.................흐...

물통이 터지고 두세 번 더 내리찍고 벽에 기대어 눈을 감고 뜨면서 붕어 입 모양으로 뻐끔뻐끔 깊은 숨을 내쉬며 나는 말했다.

"말이면 단 줄 아나? 니 가르마나 신경써고 남가르마는 신경끄라 야 이 개 자슥아. 한 번만 더 주디[입] 벌로 씨부렸다간 디지는 줄 알아 라잉. 알았나? 이 쉐꺄."

말이 끝나자, 얼굴이 벌걸게 겁에 질린 녀석은 이제야 살았다는 표정으로 '퀘'거리면서 겨우 가쁜 숨을 할딱할딱 몰아쉬면서 터져 나오는 욕설을 마치 기도를 읊조리듯 낮은 목소리로 뱉고 또 뱉었다.

　　"에이, 저 난감한 쉐이키, 캐조도 개..지랄이네."

　　　"두고 보자, 이개노무시키 을매나 잘되는가?

　　　　씨팔 새끼.

나는 당장 녀석의 주둥아리에 바주카포라도 쏴 버리고 싶었다.

오늘따라 왠지 집으로 가는 발걸음이 허전하고 무거웠다.

터벅터벅 언덕길을 힘없이 올라갔다.

어둑해진 빌딩 사이로 빈 석유통과 잔뜩 쌓인 종이상자가 보였다.

곧바로 달려가 힘이 잔뜩 실린 발길질로 상자와 빈 석유통을 자빠뜨리고 화풀이를 했다.

우당탕..텅...탕...

    팍...팍....

       우당탕탕......................

"에이씨, 니미. 오늘 기분 완..저히 잡쳤네.

발길질로 그제야 속이 좀 후련해졌다.

그날 밤 나는 이불 속에서 오래도록 외로이 흐느꼈다.

3화/덕원 그리고 가정사.

이틀이 가고 미세먼지가 세찬 바람에 뒤섞여 얼음 조각 같은 진눈깨비가 어지럽게 나부끼곤 하던 삭여 뒤의 일이었다.

나는 집으로 가는 길에 골목을 무대 삼아 종종 춤을 추며 걷곤 했다. 유독 그날따라 담배를 피우며 적막한 골목길을 유유히 춤을 추면서 몸을 흐느적거리면서 걸었다.

가끔 나도 모르게 골목에서 몸이 가는 대로 자발적으로 움직이는 이 행위야말로 지금 내가 가장 행복해지는 순간이었다.

갑자기 어둠 속에 시커먼 물체가 누워있었다. 사람이었다.

"어이, 아이씨, 퍼득 일나소, 죽을라꼬 환장했는교? 길에서. 이거 완저이 인사불성이네."

일단 사내 어깨를 잡고 질질 끌면서 길옆 도로 벽에 기대 일으켜 세우고 119에 전화했다.

"여, 국제시장 앞 편의점 골목에 한 사람 뻗어 잇구마. 이 아이씨, 내 아이마 차에 징길뻔 했구마. 퍼득 오이소."

   "피리링. 네, 곧 출동하겠습니다."

   "차..암내,살다살다 별일 다 있네."

사내를 흔들면서.

   "어이 아이씨. 차 올 때까지 그대로 잇으소잉."

사내는 실눈으로 나를 보면서 "으 흐..........음 미세한 소리가 새어 나왔다.

짐을 잔뜩 실은 수레를 할머니가 끌면서 말했다.

"저 아이씨, 아까쩡부터 비틀거리더니. 여어.. 자 빠져 잇네. 총각이 조은 일 하는구먼. 쯧쯧……

"아이고, 할매 짐이 모이리 많아에. 좀 밀어드릴께요.

"아유, 됐어, 총각 바쁠텐데. 고맙기도 해라..

"영...차...

순간 수레 뒤에서 둔탁한 물체 하나가 미끄러지듯이 툭 떨어졌다.

이마엔 땀이 송글송글 맺혔다.

"고만 됏어 총각,,,,어여 ...볼일 봐요,,,바쁜데……

"아이고, 할매 개안심더. 살펴 가이소..

나는 멀리 사라지는 수레를 보고 언덕길을 천천히 내려왔다.

몇 걸음 걷자, 어둠 속에 무엇인가 '툭' 발에 부딪힌 걸 느꼈다.

"이기 머꼬, 장난감 총인가?

호기심에 만지다가 총 한 발이 발사됐다.

탕.................앙.............앙...............

고요한 적막 속에 울리는 강렬한 총소리.

나는 화들짝 놀라 뒤로 우당탕 넘어졌다.

잠시 숨을 고르고 가슴을 쓸어내리면서 멍하니 앉아 있었다

"아이고 깜짝이야. 이거 뭣이 이카노. 뒈질뻔했네. 어휴.. 장난감이 아니고 지...인짜 총.'

나는 할머니 수레를 떠올렸다.

"아이고.. ..할매 짐이 모이리 많아에, 좀 밀어드릴께요."

'그래 수레에서 떨어졌어. 클났네. 에라 모르겠다. 일단 넣고 보자.

나는 총의 무서움을 직감했다.

마지막 남은 한발을 보고 아무 일도 없다는 듯이 주머니에 슥 넣고 야릇한 미소를 짓고 돌아섰다. 멀리서 술 취한 행인들의 소리가 들렸다.

"아이고. 시끄러버라, 이기 먼소리고. 신경써지 마라 마. 한잔 더하고 가자. 올만에. 행님..예.......어.......그....래.....

행인이 물었다.

"어이, 형씨, 방금 머슨 소리 못들었소?"

"아..그 소리요. 거시기같은 세상. 빵..구터지는 소리 아인교.

행인은 갸우뚱거리면서 돌아보며 중얼거렸다.

"머슨, 신파 같은 소리여.

염...벼엉..씨....

그때 트럭 한 대가 라이트를 켜고 골목 안으로 진입하고 그 뒤로 구급차 한 대가 요란한 사이렌을 울리며 지나갔다.

웨잉........잉...

나는 그제야 안도의 한숨이 나왔다.

담배를 피우며 나는 마치 전장에서 이긴 개선장군처럼 다시 춤을 추며 집으로 가는 발걸음을 재촉했다.

여관에서 100미터 떨어진 국제시장 후미진 골목 안에서 부모님은 정육점을 하신다.

어머니는 20년 동안 칼질을 했다. 남편과 함께라지만 거의 혼자서 정육점을 운영했다. 잘생긴 만큼 인물값을 하던 아버지는 늙어 추레해지더니 당뇨로 눈까지 합병증이 왔다.

집안은 도담도담하지 못하고 늘 형의 잦은 사고로 재산은 헤실바실 없어지고 기둥뿌리마저 흔들렸다. 게다가 아버지는 병마와 시름 중이시지만 겉으론 아직 멀쩡한 사람처럼 보였다.

 매일 수업을 마치는 날이면 날마다 까닭 모를 슬픔에 젖어 살았다. 집 주위로 점점 다가오자, 식육점 도마질 소리가 들렸다. 시장 사람들 웅성거리는 소리, 수세미, 수챗구멍 물 빠지는 소리, 설거지 딸그락 소리가 아스라하게 어릴 적 숨바꼭질하던 기억이 어렴풋이 떠올랐다.

그날따라 상철이 부모님들이 놀러 가시고 집이 텅 빈틈을 이용해 친구들을 불러 숨바꼭질을 했다. 어린 나는 옥상 난간을 아슬아슬하게 건너는 상철을 보면서 말했다.

             "어데 잇노? 상철아.

상철은 옥상 난간을 곡예사처럼 아슬아슬하게 걸어가면서 말했다.

"머하고 잇노. 퍼득 따라 온나. 라고 말하는 동시에 발을 헛디딘 상철의 손목을 잡고 나는 말했다.

             "꽉 잡아라, 임마. 으윽....

나는 손아귀에 서서히 힘이 풀리면서 상철의 손목을 그만 놓치고 말았다. 상철은 바닥으로 떨어지면서 울부짖었다.

             "성엽아....................아.......

절규하며 떨어지는 그의 마지막 잔상은 죽을 때까지 잊지 못할 것이다.

겨울밤은 차가웠다. 몸은 만신창이였으며 어머니의 그리운 웃음소리와 잔소리가 그립고, 육체는 본능적으로 따뜻한 아랫목을 간절히 원하고 있었다. 곧 문은 열리고 잔뜩 똬리를 틀고 있던 적막한 어둠이 대문 밖으로 뛰쳐나오자마자, 어머니가 할머니에게 표독스럽게 대드는 소리가 동네 어귀까지 쩌렁쩌렁하게 들렸다.

"시집살이 얼마나 괄시 했노, 어, 내가 얼마나 고생했는데' 힘없는 할머니에게 욕설을 퍼붓고 대드는 집구석은 익숙한 풍경이었고 나도 모르게 잠재된 포악한 성격으로 자라고 있었다.

곧바로 유일한 쉼터인 정육점 3층 꼭대기에 있는 옥탑 방문을 열자, 형이 기타를 튕기고 있었다. 인내하기 힘든 증오스러운 감정 때문에 나는 까닭 없이 화를 내고 있었다.

평소 같으면 그냥 넘어갈 일이었다. 그녀의 청천벽력 같은 동거 소식에 대한 슬픔은 분노보다 더 몸서리쳐지는 격한 감정이었다. 무표정한 형의 얼굴을 마주한 순간 강한 분노를 느꼈다. 이내 슬픔이 광기로 표출되어 입에선 독기가 마구 쏟아졌다.

"니는 내한테 살면서 항상 명령쪼야?"

동생의 기습적인 말에 어이없는 표정으로 형은 멱살을 한 손으로 잡아챘다.

"임마가 뭐 잘못 먹었나? 갑자기 와이래 나대노! 지인짜, 그라마, 직이삐라, 이 쉐이끼야."

그때 밑층에서 시끄러운 소리를 듣고 3층 옥탑방으로 단숨에 달려온 어머니가 격앙된 어조로 꾸짖었다.

"이 문디 자슥들은 노상 만났다 카믄....으짤라고....... 허구헌 날 싸우고 지랄이고,,,,,,. 그만 안 두나.... 니는 자꾸 어데 형한테 달려 더노. ......어!"

나는 화가 머리끝까지 치밀어서 형에게 입에 담지 못할 쌍욕을 퍼부었다.

"에이 니기미, 형만 자식이가, 씨발, 지긋지긋한 집구석, 어데 가서 제발 좀 확 디져뿌라."

 욕설을 뱉자마자, 책상 위에 있던 물컵을 바닥에 내동댕이쳤다.

"쨍그랑."

째지게 날카로운 그 소리는 분명 부모 잔소리와 가슴 속 깊이 쌓였던 울분의 한 방, 그 자체였다. 부모가 아니라, 나를 옥죄는 괴물이었다. 시간이 흐를수록 분노의 씨앗은 나를 더 용감한 독종으로 만들었다.

세상은 나의 의지와 무관하게 절대 안 되는 것이 있다. 이미 일어난 일이 그렇고, 누군가 자식으로 태어난 일이 그렇다. 그렇다고 일방적으로 따라가는 종속적인 삶은 살고 싶지 않았다. 최소한 나에게 주어진 주권을 찾고 싶었다.

이 빌어먹을 세상이 어떻게 끝장나든지 간에, 내 삶을 주체적으로 살고 싶었다. 그러려면 여태껏 아껴둔 힘을 모아서 내가 잘할 수 있는 일을 먼저 해야 했다.

곧 나의 반격에 인격을 무시당한 형은 더 못 참겠다는 듯이 회심의 주먹을 날렸다.

"너, 이 개념의 쉐이끼! 어데 한번 뒈져 봐라."

형이 주먹을 날리자, 어차피 맞는 거 한 대라도 더 때리자는 심정으로 형의 면상은 보지도 않고 허공에 빈주먹만 요란하게 날렸다.

"퍽, 윽."

반격에 놀란 형은 순간 이성을 잃고 1층 정육점의 칼을 가지러 냅다 내려갔다.

문득 불길한 예감에 속으로 생각했다. "에이, 얍샵한 넘이! 오늘 사고 한번 칠랑가비네?

본능적으로 맨발로 헐레벌떡 집 밖으로 도망쳐 나왔다. 낭패감에 혼잣말로 중얼거렸다.

"비겁한 넘이, 이제 주먹으로 불리하니 칼로 설치네. 이쉐끼 이거는 모르는 넘이면 연락 삭제하고 안보마 그마인데, 니미럴 형제라서 명절도 어쩔수 없이 봐야하니 이런 조것은 팔자가 세상 으데잇노?"

불행한 유년 시절의 기억들은 모두 조각 난 유리 파편들이었다. 제대로 이어지지 않는 우주를 둥둥 떠다니는 상처 난 조각들.

형을 생각하면 진저리가 났고 그의 행태를 보면 넌더리가 쳐졌다.

몇 년 후 화병으로 어머니는 돌아가셨다. 어느 날 술집에서 만나던 여자가 변심하여 아버지의 내연녀가 된 것에 분노한 형은 아버지와 늘 대립각을 세웠다.

형은 아버지의 배다른 자식이었고 집에 오는 날이면 아버지와 멱살 잡이는 기본이고 욕설과 폭력은 흔한 일상이 되었다.

"이 개노무쉐끼가 집구석에 아직 뭘 또 미련이 남아서 찾아왔노?

"야부리 고마 까고, 이 영감탱이야, 내가 뭘그리 잘못했노. 여기있는 눈, 코, 입. 다 니가 만든 거잖여. 와, 내가 없어졌으면 얼메나 좋것냐? 니 재산 반대가리는 줘야 될 거 아이가?

"와 빨리 안주노? 퍼뜩 줘쁘마, 오라 캐도 안 온다. 이..마이 왔으마, 마이 끌었다 아이가, 니미, 오늘 니캉내캉 완저이 쇼부보자꼬."

아버지는 다시 반박했다.

"영혼 없는 구라도 이제 지겹다, 이 진상아, 내 눈에서 지발 좀 꺼지라.

그런 집안은 항상 나에게 불행의 온상이었다.

형은 고등학교를 중퇴했다. 밤무대 음악을 하면서 불량 친구들과 마약도 하고 항상 정신이 온전치 못한 혼미한 상태로 가족들에게 늘 폭력을 행사했다. 마약, 그 독한 것을 15년 가까운 세월이 흘렀으니, 이제 쥐약을 들이켜도 죽지 않을 것 같았다. 자신의 비정함에 진저리가 느껴졌다. 더욱이 몸 깊숙이 박혀있는 그 생활을 깨부술 수는 없었다.

유년 시절은 마치 예감이나 한 듯이 일상의 실타래가 더 풀 수 없을 지경으로 꼬여버렸다. 아직도 아득한 그 시절의 잔상은 나의 뇌리에 또렷하게 남아있다.

4화/동거와 이별

다음날 해는 지고 석양이 짙게 물든 저녁 무렵, 동네 여인숙 방안에 아이들이 삼삼오오 모여 있다. 선천적으로 한쪽 다리가 불편한 절뚝발이 돌삐도 보였다. 내가 문을 열자, 그는 썩 유쾌하지 않은 표정으로 명령조로 말했다.

"왔냐! 인사해라. 내 친구 종대다."

엉겁결에 반사적으로 대답만 하고 아무런 대꾸도 못 했다.

"어, 그.....으래 반갑다."

종대라면 그녀와 동거한 돌삐 친구, 바로 그 재수 없는 놈이 아닌가?

아무것도 모르는 척 그저 인사만 했다. 속으론 죽이고 싶었다.

유일하게 짝사랑한 첫사랑, 그녀를 가로채 간 놈이기에 더욱 용서할 수가 없었다. 종희라는 보석을 영원히 내 것으로 만들고 싶었다. 돌삐와 종대란 놈은 아무짝에도 쓸모가 없는 걸림돌에 불과했다.

온전히 전부 내 것으로 만들려 할 때 생기는 성가신 걸림돌일 뿐이었다. 거추장스러운 걸림돌을 제거할 방법은 재수생 창호가 문득 떠올랐다.

바로 그때 아버지가 어떻게 알았는지, 예고도 없이 들이닥쳤다.

"여서, 뭣들하고 있노? 하..... 이 노무 시끼들이!... 아직 대갈빠리에 피도 안 마른 놈들이........ 여관방에서 뭣하는 짓이고, 어!.... 전부 퍼뜩 집에 안 들어가나?.... 성엽이, 이 노무 시끼는 오달이 하고 놀지 말라고.... 그 만큼 얘기 했는데.... 또 같이 다니네......어...확마....이시끼들이..그냥..마카다..낸중에..뭣이...될라꼬거라노?.... 어!"

그 일이 생기고 1주일 후, 친구들은 모두 뿔뿔이 흩어졌다. 종대와 그녀의 동거 소식만 간간이 들렸다. 하늘이 무너지는 것 같았다.

이내 그녀와 함께한 새하얀 추억들이 머릿속에서 솜사탕처럼 지나갔다. 아무것도 보이지 않는 캄캄한 방안에 풋풋한 남녀가 은밀한 밀회를 즐기고 있었다.

나는 그녀의 우거진 풀숲을 찾아서 헤매고 있었다.

"야, 어디 여기야."

그녀는 조심스레 찾아온 밤손님을 친절하게 안내했다.

"아니, 그 밑에, 더 아래 더........"

나의 한 손은 그녀의 가슴을 만지고 입으로는 젖꼭지를 빨았다. 그녀는 나의 머리를 감싸안고 아기 다루듯이 쓰다듬었다. 그녀는 자기도 모르게 눈을 감았고 나의 혀를 빨았다. 나는 신음이 온몸의 전율이 흐르듯 흘러나왔다.

잠시 후 갑자기 정신을 차리고 입술을 떼었다. 놀란 눈으로 전력 질주한 것처럼 거친 호흡으로 조용히 눈을 뜨고 그녀를 실눈으로 쳐다보았다. 그 눈에 서린 서글픈 기색.

"아,...., 아,......"

그녀는 조여드는 몸속으로 파고드는 내가 싫지만은 않았다. 그녀가 궁금해 물었다.

"존나?"

"응, 조아."

"넌, 내가 왜 조아?"

"바보, 조은데 이유가 으데 있노?

"조으면 기냥 조은 기지."

그녀가 주섬주섬 옷을 입었다.

"엄마가 올 때 됐어, 나, 이제 가봐야 해."라고 그녀가 말하자, 나의 꽉 찬 가슴이 허전해졌다.

"그단새, 그으래 지났나? 그라마, 우리 조금만 더 안고 있자."

그녀를 보내고 싶지 않았다. 가뭄의 단비 같은 그녀가 가고 나면 나에게는 다시 한기 가득한 외로움만 남을 테니까. 가족에게조차 못 느껴본 이런 행복한 기분을 또 언제쯤 다시 느낄 수 있을까?

뺨을 어루만지고, 옷깃을 매만져주고, 손을 잡고 함께 누워있는 이 순간만큼 눈물 나게 좋았다. 너무 좋아서 거추장스러운 육체는 태평양에 던져 버리고 싶었다.

지금 죽는 것도 참 좋은 생각이고 별것 아니었다. 드넓은 바다와 하늘, 시원한 바람에 먼지처럼 흩어지면 그만인 것을. 굳이 나를 확인할 필요도 없고, 나의 정해진 운명의 잔치가 끝장나는 것이 얼마나 즐거운 일인지, 큰 고함으로 한번 외치고 확인하고 싶었다. 이내 가족에 대한 사랑의 결핍을 메우고자 하는 마음이 간절해졌다. 그래서일까? 한 번 맛본 사랑의 꿀맛은 나를 완전히 신생아로 만들었다. 그녀에 대한 사랑은 입천장과 혓바닥이 얼얼할 정도로 너무나 달콤한 아이스크림이었다.

시간이 갈수록 부모에게 부려 보지 못했던 응석을 그녀에게 한 번쯤 부리고 싶었다. 맛있는 음식을 먹은 듯 행복한 바이러스가 감미롭게 전신을 타고 맴돌았다. 행복해서 눈물이 날 것만 같았다.

 태어나서 난생 처음 느껴보는 한 여인에게서 받은 작은 친절이 이토록 행복할까? 눈이 내린다. 바람이 분다. 언젠가 가왕 김현식이 노래하고 안타깝게 요절한 신촌부르스 친구 정선연이 노래한 고독과 슈베르트가 사랑했던, 아, 계절은 돌고 돌아 또 봄이 온다. 나의 품 안으로 그녀가 얼굴을 묻으며 말했다.

　　　　　"아, 행복해!"

그녀의 말간 얼굴이 해사하게 웃었다.

이제 서로가 서로에게 차츰 스며들고 있었다. 지금 가진 것은 없지만, 이 기분만큼은 누구도 부럽지 않은 이팔청춘이었다. 이제껏 한 번도 느껴본 적 없는 평화가 노곤한 나의 육신을 포근히 달래주었다.

　　　참으로 기분 좋은 복스러운 밤이 꿈결처럼 두둥실 흘러갔다.

사흘이 지난 황혼 녘. 휑뎅그렁한 가로등 밑, 뒷산 능선 따라, 해는 기울고, 새털 같은 구름조차 없는 아주 캄캄한 동구 밖 공터에 나는 상기된 얼굴로 서 있었다.

그때 돌뻬가 절룩거리면서 다가왔다.

사건은 친구, 종대를 모함했다는 얘기를 듣고, 기분 나쁘다는 이유로 다짜고짜 나를 불러 세웠다. 그는 격양된 어조로 내가 잠깐 대답을 망설이는 동안 돌뻬는 변명하듯 말했다.

"내, 가마이, 들자카이! 니가 내 친구 뒷다마 깟다며? 야, 인마! 사람 없는데서, 그 카마 쓰긋나? 딱, 열대만 맞아라잉!"

말이 떨어지게 무섭게 그는 나의 가슴에 주먹을 무섭게 내리꽂았다.

"퍽."

"한 대."

내가 대답할 짬을 주지 않고 돌뻬는 숫자를 세었다.

"퍽."

"두 대."

가슴을 일방적으로 맞던 나는 이 정도 주먹이면 별것 아니라는 생각이 들었다. 다리도 절뚝거리는 병신한테 몸이 멀쩡한 내가 두 방 맞았다는 사실에 절로 한심한 생각이 들었다.

그 생각과 동시에 몸을 비틀면서 주먹을 크게 두어 번 휘둘렀다. 겁먹은 그는 뒤로 주춤 물러섰다. 나는 흥분한 어조로 말했다.

"………야이, 시바라. 고마 갈궈라. 절룩발이 쉐끼야." 인가이 지가 아무리 잘난체해도 지주디로 지팔꿈치조차 못핥는기라.

그는 황당해서 물었다.

"머슨 뜬금없는 소리여?

나는 흥분을 감추지 못했다.

"인가이 와 사는 줄 아나? 자고로 호랭이는 껍데기 때문에 디지고 고대나 현대나 인간은 지 잘난 고 이름 때문에 디지는기라. 아가리는 삐뚤어져도 주디는 똑바로 씨부리야 안되것나? 그라고, 니같은 벼엉신 쉐끼가 학교에서 배우고 자시고 할게 뭐가 있노? 끼니만 제때 처묵고 뱃돼지만 부르마, 장땡이 아이가?

니는 집에 가마 너그 엄마가 뜨..근뜨..근한 밥해 주제.

내는 집에 가마,

   엄마도 없고, 밥도 없고,

     내가 라면 해 먹거등. 그거는 몰랐제.

         그기 니, 한계다.

     "이 병엉신아! 쉐기야.

그는 놀라서 눈을 휘둥그레 떴다. 나는 말해봐야 별로 통하지 않을 것 같아 위협적으로 허공에 빈주먹만 한 방 더 날리고 내달리기 시작했다.

"이런, 어데서. 돼도않는 설교질이고?

돌삐는 움찔 물러서면서 이를 바드득 갈았다.

불리한 상황에 뒤돌아보지도 않고 앞만 보고 달렸다. 나의 뒷모습을 향해 그는 연신 돌팔매질을 했다. 자꾸만 앞으로 고꾸라지면서 사력을 다해 달렸다.

달리고...

엎어지고......

다시 일어나 달리고......또......

달리고..........................

그날 밤 집에 돌아와 앓아누웠다. 분하고 원통해서 숨조차 쉴 수 없었다. 가슴을 쥐어뜯고 아무것도 먹을 수 없었다. 새벽 내내 헛소리와 오한을 쏟아냈다. 다음 날도 그 이튿날도 학교에 가지 않았다. 아니, 가기 싫었다. 언제 어디서 쥐도 새도 모르게 그 병신을 죽일 수만 있다면.

학교에 가지 않은 지, 꼭 나흘이 되던 날. 아침 일찍, 그는 학교에서 나를 찾았다.

나는 그의 견제 상대인 재수생 창호와 같이 있었다. 그는 한동안 지켜볼 수밖에 없었다. 창호는 같은 반 애들도 형이라고 부르던 만만치 않은 상대였기 때문이다.

세상살이 어디를 가도 눈엣가시 같은 존재는 항상 변함없이 존재한다. 설령 가시 같은 존재라도 제대로 자리만 잘 잡으면 디딤돌이 된다. 단지 걸림돌을 돌의 문제로만 치부하는 인간은 애초에 없애버린다.

위치 문제로 고민하는 인간은 돌을 다른 곳으로 이동시켜서 최상의 디딤돌로 만들어 버린다. 인간은 그 어떤 인간과 만나고 교류하느냐에 따라서 운명도 몰아치는 폭풍처럼 급격하게 변해 갈 것이다.

이후 그는 나를 찾지 않았다.

상황이야 어찌 됐든 간에, 남자가 맞았다는 것은 그 어떤 일보다도 쪽팔리는 일이다. 복수는 훗날을 기약할 수밖에 없었다.

이제 부산 최대의 따라지 고등학교에서 처절하게 살아남아야 한다. 그것은 학교가 아니라 닭장 속의 전쟁과 같은 보이지 않는 싸움터였다. 상처로 얼룩진 유년 시절은 끝났다.

짙은 피로감에 휩싸인 굳은 얼굴 위로 시간은 더디게만 지나갔다. 더 견딜 수 없을 만큼 피로해지기 위해 오늘도 걷는다. 다만 악몽을 꾸더라도 중간에 잠을 깨지 않기 위해, 다시 잠을 이루지 못해 새벽까지 뜬눈으로 뒤척이지 않기 위해 걷는다. 짙은 새벽 시간, 사금파리 같은 기억들을 끈덕지게 되불러 모으지 않기 위해 걷는다.

5화/무용과 새로운 시작

시간은 계속 흐르고 견디기 힘든 나날이었다. 언제나 아무도 기다리지 않는 옥탑방을 오르면서 희미하게 불 켜진 가등을 보았다. 먼지가 소복하게 쌓였다. 광력이 약한 전구는 적요하게 깜박이고 있었다. 늘 그랬던 것처럼 TV의 잡음을 자장가 삼아 뜻 없이 소리에 집중하면 유년의 아픔으로부터 자신을 구해줄 깊은 수면을 청했다. 온갖 잡념들이 까마득하게 침전하고 잠에서 깨어나면 모든 게 깨끗이 정리된 새벽일 것이다. 그때 나지막하게 누군가 부르는 소리가 들렸다.

"성엽아!"

성훈은 적막한 새벽에 애타게 나를 불렀다. 그날 이상야릇하고 묘하게 멜랑콜리한 느낌을 그에게서 처음 느꼈다. 그리고 결심했다.

그래, 여자들이 많은 무용과로 가야겠다고.

그가 친구처럼 가끔 놀러 오는 날이면 어김없이 작은 옥탑방에서 종종 자고 가곤 했다.
나는 항상 성훈에게 침묵했다. 그것이 성훈의 마음을 편하게 해주었는지도 모른다.

어쩌면 나는 그에게 왜 저래? 왜 이렇게 살고 있어? 라고 다그치거나 강압하거나 염려하지 않는 유일한 사람이었을 것이다. 나는 따뜻한 말로도 그를 위로 한적 없었고 오히려 그의 곁을 지켜주지 않았음에도, 오히려 그는 그 때문에 나름대로 위로를 받았던 것이다. 그것이 이따금 연락도 없이 나를 찾아와 마음을 털어놓고 가곤 하는 나름 유일한 까닭이었을 것이다.

이후, 고등학교를 졸업하고 성훈의 권유로 무용도 시작했다. 3년 후

피나는 노력의 결실로, 서울에 있는 대학교 무용과에 합격하자, 마포구 망원시장 근처에 자취방을 얻고 설레는 대학 생활도 함께 시작되었다.

귀와 손이 트고 갈라지는 겨울이 눈 깜짝할 사이에 지나가고 봄이 찾아왔다. 세상은 항상 찬란한 봄이었던 것처럼 아주 진하고 환하게 피어있는 노란 개나리같이 인생이 그날부로 바뀌었음을 알았다. 고독과 우울증, 구타와 싸움으로 얼룩진 지난 과거는 시시때때로 거미줄에 이슬 맺힌 것 같은 아스라한 유년 시절을 기억했다.

그때 누군가 부르는 소리가 귓전을 때렸다.

야! 성엽아, 머하고 있노, 퍼득 잔 안들고.....

희미한 도심의 불빛 너머 허름한 식당 안에는 얼핏 고학년으로 보이는 선배가 폭탄주를 타서 거나하게 건배를 외쳤다.

"자, 우리 무용과에 온 걸 환영한다. 다들 잘 해 보자잉!" 말이 끝나기 무섭게 신입은 일제히, "네! 열심히 하겠습니다."라고 외쳤다.

다시 폭탄주를 한 명씩 들이키기 시작했다. 포항 출신인 3학년 수길은 잔을 돌리면서 말했다.

"다들, 머하고 있노, 가마이 안자가, 퍼뜩 반대 줄부터 쭉 욱 한 잔씩 돌려라, 자기소개 하면서."

무용과 40명 중에 남자 무용수 신입 동기는 재수생 희찬과 행동대장 식대, 호모 같은 승택, 비쩍 마른 재엽, 나를 포함해서 고작 다섯 명뿐이었다. 군기가 바짝 든 신입은 한 명씩 자기소개를 시작했다.

"안녕하십니까? 저는 부산 현대고등학교를 졸업한 정희찬이라고 합니다. 잘 부탁합니다."

"안녕하십니까? 부산 제일고등학교를 나온 유 성엽입니다." 나의 소개가 끝나고,

희찬은 술이 조금 들어가자마자, 다소 체격이 왜소한 태기 선배에게 재수했다는 이유로 슬쩍 말을 놓았다.

"선배는 무슨 고등학교 나왔어요?"

"어, 나도 현대고등학교인데, 우리 둘만 있을 때는 편하게 말 놔라, 나이도 엇비슷한데." 태기의 대답은 분명했으나 왠지 불만스러운 어조였다.

"어으흐, 그으래도 되겠나? 그라마, 그라지 뭐?" 그때 선배들은 목젖까지 치민 욕설을 삼켰고, 멱살을 움켜쥐고 싶은 충동을 느꼈다.

무심코 말을 놓은 그는 동료 선배들의 언짢은 시선은 무시하고 열심히 술잔만 주고받았다.

"자, 한 잔 받아라."

"어......그래."

그는 앞으로 닥칠 불길한 운명을 조금도 예감하지 못한 채, 거나하게 술에 취해서 잠들어 버렸다.

환영회는 무르익고 시간은 자정을 넘어서 새벽으로 달려가고 있었다.

나는 잠깐 잠이 들어서 스르륵 눈을 떠보니 허름한 여인숙에 누워있었다. 급기야 호모란 녀석은 정신을 잃고 방바닥에 똥을 싸 버렸다.

냄새가 방안에 퍼졌다. 정신이 말짱한 마른 놈은 연신 물걸레질이 한창이었다. 한 손은 코를 틀어막고, 다른 한 손은 닦고 이내 그것을 이불로 덮어 버렸다.

기절한 호모는 병원으로 실려 갔다. 나는 밤새도록 토악질하고 속이 편할 겨를도 없이 '퀘퀘'거리면서 정신이 몽롱해졌다. 편하게 잠들 자세를 찾았다. 굼벵이처럼 구부정하게 무릎을 세우고 앉았다. 곧바로 화장실 변기에 입을 들이밀고 기어이 토악질하고 새벽 내내 이가 시리도록 차가운 타일 바닥에 웅크리고 앉아 있었다. 여명은 눈에서 어슴푸레하게 빛났다가 무감각하게 서서히 밝아오고 있었다.

기억 저편에 아련히 아버지가 떠올랐다. 고향 부모님 생각이 아련히 떠올라 저절로 노래가 되어 불쑥 입 밖으로 튀어 나왔다.

"엄마야, 누나야, 강변 살자."

"들에는 반짝이는 금모래 빛."

노래하는 중간에 구토물이 올라왔다. 화장실 변기에 구토했다.

지켜보던 비쩍 마른 놈이 나의 등을 탁탁 두드리면서 물었다.

"야, 속 좀 낫나? 으떤 노? 등, 좀 더 두들겨 주까?"

"어, 그래 조금만,,더...,탁....탁."

"퀘,.....퀘,,......어."

"쏴."

"아이고 속이야, 죽겠네."

구토하던 나는 갑자기 이불에 똥 싼 놈이 궁금해 나도 모르게 물었다.

가만....네가 고딩때도 똥싼 놈이 한명있었는데...이기, 머...언 데자뷰여?

나는 잠시 고등학교 시절을 회상했다.

머여, 눈깔 크게 뜨고 죽일 거 같이 지랄하디. 겨우 똥싸는 거 보여주려고 생 쑈를 한겨?? 아이고 니미, 더럽게 무섭다. 무서워....

다시 시간은 현실로 돌아와서 나는 물었다.

"그건 그렇고. 참, 그 똥, 산 놈은 대체 어데 갔빼노?

"글마, 응급실에 벌써 실려 갔다. 똥 싸서 이불로 내가 덮어 놨다 아이가. 아유, 완전 호모야, 그런, 놈 첨 본다야."

다시 구역질이 올라왔다. 고통스러운 구역질 소리가 잦아질 듯 잦아질 듯 계속 되었다.

"아이고 야, 죽겠다. 등, 좀 더 때려라."

"어, 그래....탁...탁." 등을 두드리던 마른 놈이 궁금해 재차 물었다.

"이제 좀 으떤노?"

등을 두드리던 녀석이 대답할 짬을 주지 않고 다시 토악질을 했다.

"야, 야. 잠깐만 비켜봐라, 내가 다부로 오바이트할라 칸다."

"억.......왝,,...........억."

"쏴,,..........." 마른 녀석이 변기 안에 깊숙이 얼굴을 박고 토악질을 하고, 고개를 들면서 이제 살았다는 표정으로 말했다.

"아이고 야, 오바이트하고 나니, 이제야 속이 좀 후련하네."

 황당해 웃었다. 녀석이 미간을 찌푸리면서 말했다.

"아직도 배 속에서 피가 울대까지 올라와서 토할 것 같네. 빈속에 술 먹어서."

방안은 온통 똥 냄새로 진동하고 나머진 모두 패잔병처럼 널브러져 누워있다.
나는 정신이 <u>비몽사몽 (非夢似夢)</u>했지만 앞으로 닥칠 대학 생활이 기대와 설렘으로 다가왔다.

#희찬과 용대

안개가 살포시 내려앉은 아침 교정에는 참새들이 재잘거리면서 정신없이 모이를 쪼아 먹고 있다. 신입은 숙취에 지각하고, 똥 싼 놈은 간밤에 병원에 실려 간 이후로 도통 보이질 않았다.

저 멀리 희찬과 식대가 보였다. 습기 머금은 바람에 머리가 날렸다. 나를 물끄러미 쳐다보고선, '저건 또 뭐야'하는 똥 씹은 얼굴로 보더니, 희찬은 식대에게 생뚱맞게 다른 것을 물었다.

"식대야, 어제 내가 술 마이 먹었나?"

"예, 행님. 어제 선배들이 행님에게만 중점적으로 술을 먹였던 것 같습니다." 그는 숙취에 한껏 무거워진 머리를 도리도리하면서 말했다.

"아 우, 내가 실수는 안했나? 생각이 하나도 안 나네? 아, 골이 깨지는 것 같네. 식대야 건너편 약국 가서 약 좀 사 온나?"

"예, 행님, 퍼뜩 다녀오겠습니다." 간밤의 기억을 어슴푸레하게 떠올리며,

"그래, 그라고 보이, 어제 똥 싼 놈은 안보이네. 글마는 으찌 됐노? 죽었나? 살았나?" 라고 그에게 물었다.

"아직 응급실에서 링거 맞는 모양입니다."

"아이고 참내, 가지가지 한다. 살다보이 별놈 다 있네. 똥까지 싸고."

문득 그는 손가락으로 건너편에 있는 나를 가리키며 꺼림칙한 듯이 말했다.

"근데, 저짜 서 있는 절마도 무용과 아이가?"

"그렇게 알고 있습니다. 행님."

"그라고 보이, 절마는 별로 안 취해는 것 같네?"

나는 멀리서 별로 달가워하지 않는 기색이 역력한 그의 따가운 시선이 무겁게 느껴졌다. 뒤통수를 기어오르는 바퀴벌레 같은 이 더러운 기분은 또 무엇인가?

어쨌든 환영하지 않는 것만은 확실했다. 그는 나에게 무슨 말을 건넬 것 같았다. 순간 건너편 나와 눈이 딱 마주치자, 얄궂은 손톱을 만지

작거리면서 도로 건너 차들만 물끄러미 쳐다봤다.

나는 벌떡 일어나 교실 안으로 휑하니 들어가 버렸다. 그날 오후 5시, 마지막 실기 전공 수업이 있는 날이다. 전날의 숙취로 교내 벤치에 누워서 종일 잠만 잤다. 일어나니, 수업이 임박했다. 탈의실로 허둥지둥 달려갔다.

그는 먼저 와서 담배를 피우고 있었다. 나를 보자, 반가운 듯이 눈인사를 했다.

"어, 오랜만이네. 니가 성엽이냐? 잘 부탁한다."라고 말하면서 손을 내밀며 악수를 청했다.

"뭐, 동기끼리 부탁할게 뭣이 있노? 각자 알아서 하면 되지." 퉁명스럽게 말하고 캐비닛 문을 열고 곧바로 옷을 갈아입었다. 그의 머쓱한 손은 갈 곳을 잃었다.

마침 반반한 여자 하나 만나기 위해서 오직 무용만 열심히 해서 무용과에 들어온 3학년 용대가 갑자기 얼굴을 붉히면서 탈의실로 들어왔다.

나와 희찬은 화들짝 놀라면서 반사적으로 인사를 했다.

"안녕하십니까?"

눈매가 매서운 용대는 인사를 받는 둥, 마는 둥 눈썹을 치켜뜨면서 그에게 다짜고짜 소리쳤다.

"마, 니가 재수 한 놈이가? 야 이, 씨발 새끼야, 재수하면 선배한테 개 좆도 말까도 되냐? 말이 떨어지게 무섭게 그의 얼굴과 복부를 정확하게 가격했다. 원투 스트레이트 주먹은 면상에 꽂히고 그는 그 자리에 폭 꼬꾸라지고 말았다.

"퍼,…퍽."

"억,,퍼…퍽,,욱."

쓰러진 그는 차가운 바닥에 잔뜩 몸을 웅크린 채 신음하고 있었다.

"아,,,……"

통쾌했다. 마음 한구석에 측은한 마음이 드는 것은 또 무슨 이유인지, 참 묘한 기분이 들었다.

나는 용대의 팔을 잡고 진정시켰다.

"형님, 이제 고마 하이소. 아, 죽게 심더."

"확, 마, 한번만 더 선배한테 말까면 뒈지는 줄 알아라. 알았나? 그라고, 고등학교 때 복싱하고 좀 놀았다고, 한번만 더 알 짱 거리다간, 그땐 병풍 앞에 돼지머리놓고 제사지낼꺼다. 알았나?

이, 쉐이꺄!"

"꽝"

만신창이가 된 그는 고통스러운 목소리로 "알겠심더."라고 시큰둥하게 대답했다. 그는 뒤틀린 감정만큼이나 세차게 문을 닫고 밖으로 휑하니 나가버렸다.

일순간 웃음기가 싹 사라진 그는 얼굴을 오만상 일그러뜨린 채, 마음

속으로 뇌까렸다.

"에이, 니미! 학교 더러워서 못 다니겠네. 이건 뭐 고등학교보다 더 좆같네."

피멍이든 얼굴과 터진 입술, 긴장이 풀리자 눈이 빠질 것같이 아팠다. 이런 젠장, 개망신이 따로 없네. 권투 그만두고 여자들이 많아서 호기심으로 무용했더니, 이건 무슨 늑대를 피하니, 사자를 만난 꼴이 돼버렸어.

"일이 더럽게 꼬이네. 꿈자리 뒤숭숭해서 어디 다리 뻗고 편히 자긋나?"

 앞으로 닥칠 혹독한 시련이 그저 막막하기만 했다. 그 속을 아는지, 모르는지, 날씨는 또 왜 이리도 화창한지.

6화/선배

늦은 봄날인데도 피부를 전부 태울 듯이 햇빛이 이글거리던 토요일 오후, 학교 후문 맞은편, 허름한 식당에는 선후배 화합의 자리가 성대하게 마련되었다.

좌측부터 나와 희찬, 식대가 물과 기름처럼 어색하게 나란히 앉아 있고 건너편에는 용대와 수길, 태기도 모처럼 함께 앉아 있다.

그때 침묵을 깨는 수길의 한마디. "이모, 소주 다섯 병과 부대찌개 두개요. 어 여! 희찬이부터 한잔 씩 받고 쭉 돌려라! 머 하고 있노? 전부 가마이 안자가?"

곧 소주를 맥주잔에 부어서 다들 얼큰하게 들이키기 시작했다.

분위기가 무르익자, 취기가 돈 수길은 희찬에게 썩 유쾌하지 않은 표정으로 되물었다.

"희찬아. 너 술잘 마신다며? 저번 주에 용대한테 맞은 거, 이참에 한 잔하고 풀어라, 아 잉."

수길은 그에게 의도적으로 술을 먹였다.

그가 연속 3잔을 연거푸 마시자, 지긋이 지켜보던 용대가 기다렸다는 듯이 잔을 돌렸다.

"자, 내 잔도 한잔 받아라. 그때 맞은 거, 오늘 한잔하고 풀어라, 알았제?"

"아이고, 벌써 다 잊었심더." 용대는 경계하듯 비꼬듯이 다시 물었다.

"그라마, 다행이네, 그카고, 니 고등학교 때 권투 잘 했다 카던데. 와, 무용 했노? 권투 계속하지! 소문에 전국체전에서 3등까지 했다 카던데? 맞나? 아이가?"

그는 머리를 만지면서 겸연쩍게 말했다.

"이제 다 옛날 일입니더. 마, 재수할 때 우연히 길가다가 2층에 무용학원이 보이 길래, 그길로 당장 올라가서 바로 등록 했다아임니꺼." 어이없는 사연에 용대는 **실소**를 했다.

"하하. 와! 바로 년들 한번 꼬셔볼라고 캤나? 마, 니 마음 다 안다. 쉒꺄."

말하고 보니, 자신의 이야기가 마치 3류 소설 같아서 손사래를 치면서 극구 부인했다.

"아........아닙니다. 하다가 보이, 자꾸 호기심이 생겨서 계속했다 아임니꺼."

"하하, 그래, 마! 알아서 잘 해 봐라. 이왕 시작 했는 거. 자, 한잔 받아라."

"아이고 예, 고맙심더."

선배들의 칭찬에 어느새 기분이 좋아진 그는 식대에게 눈으로 화장실을 가리키며 건조하게 말했다.

"열심히 해.

평소 나를 선배들 몰래 제대로 손볼 작정이었다. 나는 벌써 그들의 낌새를 눈치챘었다. 만약을 위해서 은밀하게 벽돌도 허리 뒤에 꼭꼭 숨겼다.

이미 대기하고 있던 식대가 기다렸다는 듯이 냉큼 물었다.

"야 인마, 니 몇 살이고?" 나는 되받아쳤다.

"이 쌍놈의 쉐이끼가? 같은 학년끼리, 그 딴 나이는 왜 묻고 지랄이고?" 식대는 화가 핏대까지 올라 말했다.

"어쭈구리. 일마가 말하는 게 아주 왕싸가지네."

"이런 염병할 눔이! 머라 캐샀노? 아가리를 확 잡아 찢어 불라마?" 존만한 넘이.

마지막 한마디를 뱉자마자, 나는 벽돌을 꺼내 식대의 얼굴을 향해서 크게 한번 휘둘렀다.

"휙!

"어.....어......벽돌로........일마가 해 까닥 했나? 와이카노?"

순간 겁에 질린 그는 냅다 줄행랑치기 바빴다.

"우당탕....탕탕."

화장실 양동이 물이 식대 발에 부딪혀 바닥에 왈칵 쏟아졌다.

"요, 쥐새끼 같은 넘이! 으데 도망가노?"

나는 씩씩거리면서 식당 안으로 들어왔다. 곧 술이 거나하게 취한 희찬을 부축해서 가는 그를 발견했다. 그 옆에는 용대와 수길도 같이 있었기 때문에 화장실 안의 일은 일단 모른 척할 수밖에 없었다.

불리한 그는 그렇게 상황을 모면하고 그를 부축해서 식당을 자연스럽게 빠져나가는 것이 최선이다. 여태껏 불리한 상황을 단번에 역전시킬 수 있는 절호의 기회를 놓쳐버렸다.

식당 안을 보니 용대와 수길 등짝이 보였다.

아무 일도 없다는 듯이 태연하게 들어갔다. 아무 의심도 없이 수길이 나에게 물었다.

"성엽아! 너 거집에 누구 있노?"

"아무도 없으예, 내 혼자 망원시장 안에 자취해예."

"야, 용대야, 잘 됐다. 절마 집에 가서 자자."

"그래! 그라자, 그라믄 퍼뜩 택시 잡아라. 언 능."

그때 불쑥 나타난 한 여학생이 용대 바로 앞에서 택시를 가로챘다. 술 취한 용대는 출발하려는 택시 문을 활짝 열고 다시 문을 있는 힘껏 세차게 닫아 버렸다.

 술 취한 괴력이 발동되었는지, 택시의 유리창이 한순간에 '와장창' 깨졌다.

"야, 우리가 먼저 와서 기다리는데, 와! 먼저 타노" 곧바로 겁에 질린 여학생과 택시 기사는 깨진 유리창을 보상하란 말도 못 한 채, 머

뭉거렸다.

나는 잽싸게 달려가 택시 앞 유리창을 손으로 '탁' 치면서 말했다.

어이! 아이씨……퍼…뜩 차 안빼고 머 하능교?

버티고 있는 택시. 나는 다시 목청껏 으르렁거렸다.

차!

빼…라고……..

눈알이 튀어나올 듯 부라리면서 소리 질렀다.

차!

빼………………………

택시는 두려움에 쌩하니 도망갔다.

이내 다른 택시가 인도 앞에 멈추었다.

"아이씨, 마포, 망원시장요."

"타요."

이런 젠장, 타고 보니 중요한 것은 3명 모두 택시비가 없다는 것이다. 앞좌석은 용대. 뒷좌석에 수길과 나는 도착하면 곧바로 도망가자는 눈 사인을 보냈다.

앞 조수석에 술 취한 용대는 우리가 먼저 도망가면 적당히 눈치껏, 따라올 것이다.

택시 앞 유리창 두 개의 와이퍼가 희뿌연 서울 하늘을 싹싹 닦아내고 라디오에서는 제목도 모르는 뽕짝 노래가 잡음처럼 들렸다.

차창 밖의 바람을 맞으며 가는 사이에 어느새 시장 앞에 다다랐다. 그가 자연스럽게 먼저 내렸다. 나는 뒤따라 내리자마자, 앞장서서 입에서 단내가 나도록 시장 안 골목으로 정신없이 내달리기 시작했다.

'하악 하악' 나의 메마른 입에서 짧고 거친 숨이 흘러나왔다. 나는 그에게 말했다.

"야, 골목 안으로 퍼뜩 따라 온나!"

메마른 입에서 호흡은 거칠어졌다.

우측 골목길을 미끄러지듯이 우당탕 넘어졌다가 다시 일어나서 달렸다.

    달리고

      넘어지고 또 달리고........

우린 훔친 듯이 달리고 또 달렸다.

공기는 나비처럼 춤을 추고, 지친 발은 무겁고, 숨은 점점 차오기 시작했다.

 비좁은 골목 안, 허름한 점포 문을 열고 들어가 몸을 숨겼다. '헉, 헉' 힘을 전부 소진한 나는 숨을 고르며 10분 동안 가슴이 조릿조릿하게 쥐 죽은 듯이 앉아 있었다.

우린 학교 선후배 사이지만 친구 같은 기분이 그날 처음 들었다.

7화/덕원 그리고 욕망과 재회

긴 칼날 같은 햇살이 학교 정문 광장에 눈부시게 번쩍이며 쏟아졌다. 꽃들이 올망졸망 모여 있는 작은 화단에 이마에 주름이 자글자글한 늙은 관리인이 청색 호수로 화단과 광장에 물을 뿌리고 있었다. 가는 물줄기에 투명한 햇살이 반짝 반짝이며 허공에 흩어졌다. 나는 광장을 향해서 전속력으로 달리고 있었다. 왼쪽 어깨에 큼직한 무용 가방을 두르고 오른손에는 책을 들고 마지막 무용 실기 수업이 있는 교실을 향해 헐레벌떡거리며 간신히 지각을 면했다. 교실 문을 열자, 왠지 낯선 인물이 흐릿하게 한 명 보였다.

군대에서 특공대로 제대한 복학생 덕원. 무용실 거울을 보며 포즈를 취하고 있다. 군인으로 단련된 그는 큰 거구의 여자를 들고 다리가 후들후들거렸다.

머리 허연 교수가 '부라보'라고 외쳤다.

몸은 얼핏 보기에 체육과 몸인데, 무용과라니. 하긴 군대선 특공대로 복무하고 갓 제대하고 복학한 것이니, 그도 그럴 것이다.

3학년 수길도, 형이라고 부르는 것을 보니, 나이 차이가 아마도 2살 정도는 더 많은 것 같았다. 복학생은 무늬만 무용과지. 몸은 특공대 같은 체육과였다.

수업을 마치고 거리에 나오니, 아름드리 플라타너스들이 제법 무성한 가지를 펼치고 있었다. 그늘진 나무를 따라 보도블록을 걸어갔다. 작열하는 태양을 손도 안 가리고 쳐다보고 잠시 벤치에 앉았다. 눈살을 찌푸렸다. '이제 어디 가나' 흥얼거리듯 뇌까리며 무거운 가방을 둘러메고 무언가 생각난 듯 약속 장소로 발걸음을 옮겼다. 눈앞에 어둠은 내리고 수천수만 개의 작은 불빛들이 일제히 도심을 밝히고 있었다.

#종희와 복학

그러고도 몇 시간이 더 흘러서 복학생에 대한 환영회가 학교 후문 단골 식당에서 시끌벅적하게 열렸다. 긴 테이블을 중심으로 희찬과 식대, 용대와 수길도 나란히 앉아 있고 생판 모르는 여인도 한 명 보였다.

자세히 보니, 그 여인은 그 옛날 첫사랑, 그녀와 왠지 많이 닮았다. 아니, 학창 시절 돌삐 친구 용대와 동거하고 사라진 그녀가 분명했었다.

아찔한 소스라침에 정신이 어찔어찔하였다.

어떻게 무용과에 왔을까? 야속함과 반가움이 뒤엉키고 만감이 교차되었다.

시간은 다시 과거의 그녀와 현재의 내가 같이 있었다.

성인이 된 나는 문이 조금 열린 사무실 안을 은밀히 훔쳐본다. 그곳에는 흰 교복을 입은 그녀가 어느 사내와 격렬히 키스하고 있었다

이때 눈을 감고 키스를 하고 있던 그녀가 반짝 눈을 뜨자, 문틈을 통해 몰래 훔쳐보던 나와 눈이 딱 마주쳤다. 그녀는 옅은 미소를 머금고 아무렇지도 않은 듯 눈웃음을 지으며 보란 듯이 더 강렬하게 키스했다.

당황한 나머지 건물 계단을 허덕허덕하면서 밖으로 뛰쳐나왔다.

시간은 다시 현실로 돌아오니 독한 취기 같은 피로가 그녀의 의식을 둔하게 만들었다.

나는 바짝 정신 차리고 그녀로부터 멀찍이 반대편에 앉았다. 왜, 그녀가 당황할까 봐, 배려차원에서, 섣불리 다가설 수가 없었다.

 복학이 천연덕스럽게 먼저 잔을 들고 외쳤다.

"야, 너 거들. 오랜만이네, 지금 후배들은 잘 모르겠지만 내가 체육과 2년 다니다가 군대 제대하고 다시 무용과로 편입했다, 아이가. 앞으로 잘 지내보자, 알것나!"

"예! 선배님."

사랑은 단 1초 만에 빠진다고 누가 말했던가? 복학의 남자다움에 반한 그녀는 먼저 소주 한 잔을 홀짝 입에 틀어넣고 빈 잔을 건네주면서 말했다.

"오빠야, 넘 멋지다 한잔 해뿌라."

그 모습을 맞은편에 용대와 그는 찜찜한 얼굴로 쳐다보고 있었다. 받은 소주를 '캬'하고 입에 틀어넣고 복학은 그녀에게 잔을 건네면서 막연한 이끌림에 냉큼 물었다.

"꼬맹아, 니는 몇 학년이고?"라고 묻자, 유혹의 눈웃음을 띠우며.

"나, 2학년이다. 오빠야, 앞으로 맛있는 거 많이 사 줄 거 제?"

"어, 그래. 이쁜아! 앞으로 친하게 잘 지내보자. 그런 의미에서 한잔 받아뿌라." 그의 기분이 최고조로 달했다.

"참 개구지셔, 오빠, 원 샷."

그녀는 그가 권하는 족족 마셔댔고 끊임없이 교태를 떨어댔다. 마실수록 얼굴빛 하나 변하지 않는 것이 그저 놀라울 뿐이었다.

마침 수길은 '아이고, 년, 놈들 잘도 놀고 있네'란 얼굴로 끼어들었지만, 이내 엉뚱한 말이 입 밖으로 불쑥 나와 버렸다.

"자! 덕원, 선배 복학을 위하여 건배." 전부 잔을 들고 외쳤다.

"위하여.........."

 머릿속이 갑자기 복잡해졌다. 첫사랑 그녀는 고등학교 때도 개방적이었다. 이제 아는 척을 해야 하나? 혼자 뇌까리며 잠시 밖으로 나와서 담배 한 모금을 언짢은 기분만큼이나 목구멍 속으로 깊숙하게 빨았다. 길 잃은 답답한 마음과 볼에 살짝 스치는 밤바람이 그다지 썩 유쾌하지 않은 저녁이었다.

눈앞이 흐려졌다. 취기가 올라온 탓일까? 지나가는 이 없는 한적한 새벽녘 식당 앞에는 봄에 어울리지 않는 부슬비가 추적추적 내리기 시작했다. 차갑고 시린 마른 바닥에 앉아서 담배꽁초가 될 때까지 피웠다. 옆에 그도 처량하게 쪼그려 앉아 있었다.

침묵만이 무겁게 흘렀다. 맥없이 앉아 있던 그는 긴 한숨을 내 쉬면서 나의 손을 잡고 벌떡 일어났다.

"아이고, 춥다. 이제 고마 들어가자."

식당 안에는 복학과 그녀가 도통 보이질 않았다. 희찬과 식대만이 술 취해 잠들어 있었다. 불길한 느낌은 동시에 고스란히 전달되어 화장실이 불현듯 떠올랐다.

 복학은 후배들에게는 발각되어서는 안 되는 가장 위태로운 장면을 들키고 말았다. 나의 얼굴이 순간 정지되었다. 화장실로 가는 통로에 만취한 그와 그녀가 있었다. 뚫어져라, 그 모습을 가만히 지켜보았다. 귓전에서 올가미 같은 악마의 목소리가 속삭였다. '못 본척해. 굳이 적을 만들 필요가 있나? 그것도 잠시, 그의 손이 그녀의 엉덩이를 더듬고 있었다.

　　　　"오빠 사랑해."

　　　　　　"나도, 종희야! 사......"

뒷말은 생략한 채, 불길한 예감이 들었는지, 그는 기분 나쁜 기척에 잠시 멈칫하고는.

　　　　"희야, 여서 고마하고 퍼뜩 안에 들어가자.

　　　　　아덜 눈치 채겠다."

식당 안은 이미 난장판이었다. 한바탕 술판이 휩쓸고 간 자리. 테이블에는 깨진 접시와 술병이 난무하고 아직도 희찬과 식대는 식탁에 엎어져 반쯤 침을 질질 흘리면서 널브러져 있었다.

그와 그녀도 아무 일도 없었다는 듯이 태연하게 앉아 있었다. 복학은 파문처럼 번지는 써늘한 무의식이 한기가 되어 온몸엔 닭살이 돋아났다.

문이 열리자, 수길은 세상모르고 잠들어 있는 녀석들을 흔들어 깨웠다.

"야, 인마! 희찬아, 집에 가자, 언능 일 나라. 빨리!" 흔들어도 반응이 없자, 그는 녀석의 뺨을 찰싹찰싹 때리자, 그제야 정신을 차리고 비틀거리면서 겨우 일어났다.

"아, 골이야."

게슴츠레 눈을 뜬 녀석들 옆에는 취한 척하는 복학은 해맑은 송아지 눈망울로 거저 눈만 껌뻑이고 있었다. 수길은 그를 노려보았다. 무표정한 가면을 써봤자, 이미 다 알고 있다는 듯 투영해보는 불편한 눈빛. 그는 그 시선에 꼼짝없이 붙들려 있었다. 갑자기 수길은 성난 사자처럼 다그쳤다.

"어이, 어벙까는 기 니 주특기냐?" 니 좆대로 하이 세상이 아주 만만하냐?

여자 후배나 건드리 싸고, 그 카마 쓰긋나? 어!

        기억 안나나? 하나도!"

그는 복학의 어깨를 앞뒤로 정신없이 흔들어댔다. 그제야 사태를 파악했는지, 그는 비명을 내지르고 혼비백산 뒤로 물러났다. 복학은 자신의 경솔함을 후회했지만 이미 늦어 버렸다.

수길은 그의 배를 아주 매몰차게 걷어 차버렸다. 방바닥에 그대로 꼬꾸라져 버린 그는 몸을 일으켜 보려 애썼지만 제대로 움직이질 않았다. 그는 얼굴을 찡그린 채 말했다.

        "으......이런 게 어딘 노?

      선배한테..............이러면 안 되잖아, 너 거들!"

거들먹거리며 수길은 다시 말을 이었다.

"아이고, 예. 선배를 위한 리스펙트!

선배님, 요새 공사가 다..망 하이 바쁘신데, 후배들 귀엽게 잘 좀 봐 주이소,

이 칼 줄 알았제?

그라고, 키스할라카마, 으슥한데서 해야지. 여서 이카마 되것나?

갑자기 복학은 목청껏 으르릉거렸다.

머라고 이 쉑끼가." 니는 아래위도 읍나?

'보자, 보자 하니까? 주디 벌로 씨부리네?

수길은 면상에 대고 무덤덤하게 말했다.

"어이, 고마, 아가리 닥치고 내 말 끝가이 자..알 들어라. 와, 막상 닥치니까 감당이 안되나? 이쪽저쪽 간보다가 쪽박 차는거여. 그카이, 오바하지 말고 니가 할 수 있는 것만 하지. 와, 그랬노? 오늘 시원하 이 보낼 수 있지만 선배에 대한 마지막 호의로 요가이 하는기다. 잘 새기들어라. 알긋나?

복학의 어조는 비굴함이 잔뜩 묻어났다.

바라, 후배님, 내가 술이 마이 체서 고마 실수 좀 했는데, 보는 아 덜도 많은데 이번 일은 한 번만 못 본 걸로 해 주마 안 되것나? 니

한테 부탁하는 것도 처음이자, 마지막이다.

 옆에서 조용히 지켜보고 있던 나는 순간 복학의 가슴을 발로 차고 배 위에 올라타서 미친 듯이 주먹을 퍼부었다.

"퍽."

"억………흑………"

그 찰나에 복학의 얼굴이 갑자기 돌삐로 보이기 시작했다.

"야 이, 비겁한 절뚝발이 병신새끼야, 내가 뭘 그리 잘못 했노? 니 친구 종대란 그 쥐새끼는 잡히면 직이뻔다! 알았나!

어! 빨리 말 안하나?

비겁하게 요갓다 조갓다 잔머리나 굴리 쌌고,"

그녀를 앗아간 종대와 절뚝발이 돌삐가 복학과 하나로 겹쳐 보이면 서, 나는 호되게 폭력을 행사했다.

이놈이 아주 오랫동안 무엇을 잘못했는지, 죽을 때까지 기억할 수 있게.

 살벌한 광경에 놀란 그녀는 아무도 의식하지 않는 틈을 이용해 조용히 식당 밖을 빠져나갔다.

 나는 무릎을 꿇고 마지막 체중의 무게를 온전히 두 팔에 다 실어서 복학의 목을 기절할 듯이 조르면서 세상 끝장내듯 포효했다.

"너 같은 씨레기양아치쉑끼는 살아 있는 게 죄악이다. 죄악.이 쉑꺄....

'죽어........................으흐.......어

잠시 침묵이 흐르고, 힘껏 소리 지르고 몸은 탈진 상태가 되니. 녀석이 왠지 낯익어 보였다.

"잠깐 이 넘은 어디서 한번 봤던 얼굴인데.

나는 그때 골목에서 쓰러진 사내를 회상했다.

엎어져 신음하는 사내 얼굴.

으 음................

"맞네, 맞아, 그때 내가 살려준 술 취한 그 넘 분명하네.

이기, 머슨 이런 얄궂은 운명이 다 잇노................

인간마다 매 순간 삶의 척도는 같지 않다. 기억하기에 따라서 먼지처럼 사라지기도 하고, 때론 아주 사소한 일도 가슴속 큰 응어리가 되기도 한다.

정신을 차린 희찬은 그대로 두면 사람 죽겠다. 싶어서 몸을 사리지 않고 나를 말렸다. 그는 동공이 풀린 채, 바닥에 쓰러져 있었다. 수길은 당장 죽을 것 같은 그의 목덜미를 잡고 억지 미소를 지으며 말

했다.

"거, 차암 이상구로, 선배면 선배답게 처신을 잘..알 해야지?

자고로 미친 개는 몽둥이가 약인기라. 으떤교?"

이제 정신이 좀 번쩍 드는교? 그카고, 학교 지대로 졸업 할라 카믄, 지발 처신 잘 하소. 또 헛짓하마, 요래 목아지를 확 잡아 비틀어 버링께.

 어데 가서 소리도 없이 뒈지지 말고 몸간수나 자...알 하소. 다시 만날 땐 내가 어떻게 변할지 모르구마.

서로 조은 기, 조은 거 아인교?

　　　　　　　알았능교!"

복학은 후배한테 맞고 나가떨어진 자신의 꼬락서니가 절로 한심하고 비참했다. 목구멍 속으로 들큰하게 고이는 핏물을 목젖 너머로 조금씩 삼키면서 숨조차 제대로 쉴 수 없었다.

　　더욱 어리둥절한 복학은 내가 왠지 더욱 더 아는 사람 같았다.

　　　　술 취해 쓰러진 그날이 어렴풋이 떠올랐다.

　　'어이, 아이씨, 퍼득 일나소, 죽을라꼬 환장했는교?

다시 현실로 돌아와서.

　　　"그래, 그날 밤, 날 살려준 그 녀석이 확실하네.

'거, 차...암...재밌게 인생 돌아가네.

천지의 대자연이 한바탕 큰 폭격을 맞은 듯, 성큼 물러나 있는 것 같은 고요한 정적이 흘렀다.

복학의 마음과 몸 곳곳의 피멍은 시간의 흐름과 함께 더욱 옹골차게 맺혀갔다.

마침 응급차가 요란한 사이렌을 울리며 스쳐 지나가고 경찰들이 나의 곁을 무심코 스쳐 지나갔다. 나는 담배 연기를 휘날리며 불빛 찬란한 도심 거리를 힘찬 발걸음으로 천천히 걸어갔다.

8화/재회 그리고 죽음

먼저 피신한 그녀가 어두운 골목길을 몸매가 훤히 드러난 원피스를 입고 엉덩이를 실룩거리며 또박또박 걸어가고 있었다.

앞서간 그녀의 시선에 희미하게 어른거리는 남자의 형체가 보였다.

어두컴컴한 골목길을 나는 혼자 미친 광대처럼 빙그르르 돌고 폴짝 뛰고 춤을 추었다. 느릿한 걸음과 허공을 향해 휘젓는 팔과 몸짓에서 자신감이 뿜어져 나왔다.

휘적거리며 춤을 추고,

비틀거리며 리듬을 타는 두 다리.

        다리가 비틀거리고.

           몸도 휘청거리고.

어스름한 골목 안, 돌담 옆으로 가로등 불빛이 훤히 비추자, 무심결에 뒤돌아본 나와 눈이 딱 마주친 것은 바로 종희였다.

그녀의 그윽한 눈빛은 눈 맞춤을 부르는 사랑스럽고 달콤한 눈빛 그 자체였다.
나의 감정은 어느 틈에 그녀에게로 옮아갔다. 그녀도 나와 마찬가지로 밝고 즐거운 기분이 들었다.

그녀의 얼굴에서 퍼지는 기쁨의 환희는 어느덧 나에게로 옮은 것 같았다.

볼이 풋사과같이 발그레한 그녀가 물었다.

"너, 성엽이지. 아까 왜 모른 척 했어?"라고 묻자, 배려심이 발동되었다.

"아, 니가 서먹해 할까봐 그랬다 아이가?"

그녀에게 학창 시절 때의 두근거리는 감정을 애써 감추며 조심스레 물었다.

"야, 오랜만에 보이 대깔 조...오타. 근디 니는 어떻게 무용과에 올 생각을 다 했노?"

그녀는 내심 자부심으로 말했다.

"어쩜, 그놈의 주둥아리는 어찌 변한 게 하나도 없니?
안 본 세월이 얼마나 긴데?

　　　　　시간이 사람을 그냥 두겠니?

"아, 그랬나."라고 말했지만 이내 착잡한 마음은 숨길 수가 없었다.

"고딩 때 니가 돌삐 친구하고 동거한다는 소식 듣고, 그 이후로 니는 영 깜깜 무소식이데? 도대체 어디로 사라지삐노?

잠시 고개를 떨어뜨리며 그녀가 말을 이었다.

　　　　　"그땐 철이 없어, 그럴 수밖에 없었어.

　　　　　미안해, 성엽아!"

인생이란 항상 불공평한 것이 아니다. 어쩌면 남자보다는 여자가 한 세상 살기가 더 버겁다. 그녀 역시 위축되지 않고 서울서 보낸 세월 동안 희망의 끈만 믿고 살아왔었다. 무엇이든 해내고 싶었다. 배신과 좌절, 우울증 그런 생각이 매번 들 때마다 자신에게 무엇인가 중요한 것을 해야 했었다. 막연한 기대와 언젠가 진짜 인생이 시작될 거라고 항상 최면을 걸고 악바리로 살았다.

마른침을 꿀꺽 삼킨 그녀는, 잠시 내 눈을 피하며, 과거를 회상하면서 읊조리듯이 말했다.

"그 당시 나도 철이 없어서 불장난으로 덜컥 임신이 되는 바람에 남자는 벌써 도망가고 없고 그 바람에 애는 낙태시켜버렸어.

 내가 어쩔 수 없이 도움 받고 살면 극빈, 잘 사는데 검소하게 살면 청렴, 내가 고개를 높이고 싶은데 어쩔 수 없이 숙이면 비굴, 스스로 자세를 낮추면 겸손, 내가 당당하면 무엇이 두렵겠니.

누구나 마음속에 항상 천사와 악마가 있어. 살고 싶은 나와 죽어 버리고 싶은 내가 늘 충돌하고 싸워. 한 가닥 잡초라도 잡고 싶은 나와 다 때려치우고 싶고 포기하고 싶은 내가…. 날마다 피 터지게 싸우며 살아간다고….

왜 다들 도움 못 받아서 안달하며 사는지 몰라, 그게 싫어서 모든 것을 정리하고 어릴 적 발레리나의 꿈을 이루기 위해 독하게 맘먹었어.

나, 살면서 죽을 만큼 뭐가 열심히 해 본 적이 없었어. 최선을 다했는데도 못하면 진짜 못난 걸 까봐, 그게 겁나서 이번에 지인짜 열심히 살았어.

엄마도 어릴 적 헤어져 연락이 안 되고 얼핏 들었는데 나이 많은 남자와 동거한다는 것만 알고 있어. 그 이후로 아는 언니 도움으로 같이 살면서 검정고시로 1년 일찍 꿈에 그리던 무용과에 합격하고 여기까지 온 거야.

그녀는 말을 마치고 자신을 대견스러워하는 얼굴로 혼자서 샐쭉하게 웃었다.

"야, 가마이, 듣고 보이! 니 지인짜, 고생 무진장 했네?

이 세상 어디에도 니가 찾는 정답은 없어. 답 같은 거 찾지 말고 하고 싶은 거 찾아서 니가 좋아서 미치도록 행복하게 할 수 있는 일. 그게 그토록 니가 찾아 헤매는 답이 될거야.

근디 사람들은 자기한테 관심없어. 저마다 먹고 살기 바빠서 자기들 일외엔 아무 생각 없어. 혼자 판단하고 결정하지마. 한정된 사고에서. 그게 무지고 고지식한 거야.

억지로 애쓰지도 말고 자학하지마,

지나고 나면 그 시간이 다 밑거름이 되는 기야!

한순간의 실수로 큰 아픔을 겪은 그녀는 삶에 대한 가치관이 확연히 달라져 있었다.

인생이란 끝없는 내일의 연속이다. 나이가 들어 사고가 꼬장꼬장한 영감처럼 자신의 무지함을 모른 채, 살아온 어리석은 인간들에 대한 최후의 기록들이 아니던가?

하루하루 반복적인 일상을 살아 내기 위해서 살아가는 소시민들은 기득권들이 만들어 놓은 테두리 안에서만 열심히 살아간다. 그들은 그것이 진짜 행복인 양 착각 속에서 습관적으로 살고 죽도록 일만 하는 개미 같은 인생을 살고 있다.

그녀는 아이처럼 늘 새로운 일을 만들고 절대적인 경지에서 경쾌하게 자신만의 삶을 멋지게 조각하면서 살고 싶었다.

 어느 소설 속 비극의 주인공이 말했던가? "그 누가 자신의 운명을 좌지우지할 수가 있을까?

이 말처럼 이제 그녀 생활 전체는 나에게 어떤 일이 발생되어도 그것과는 상관없이, 매 순간, 순간이 과거처럼 무의미하게 흘러가진 않을 것이다.

약한 여자이기에 더욱 이를 악물고 살 수밖에 없었다. 그녀는 혼자 웃고 말하는 광대처럼 수 초간 영혼 없는 너털웃음을 지었다. 곧 허탈한 웃음이 말끔히 가신 어조로 굳게 다문 입술을 달싹거렸다.

"이해해줘서 고마워, 엽아! 미안해, 너한테 연락못하고 갑자기 그렇게 가버려서. 니가 심각하게 받아들이지 않으면, 나도 대수롭지 않게 받아들여. 니가 심플하면 나도 심플해.

모든 일이 다 그래. 이미 지나간 것, 이젠 아무것도 아니야. 그렇게 천천히 시작할거고 필요한 것은 다 할 수 있어.

               이제 하고 싶은 건 하며 살 거라고!

           "아, 머리가 아파! 술 기운이.......

                 힘들어?"

그녀는 딱 집어 나에게 말하는 것이 아닌 것 같았다. 그 음성은 마치 중병에 시달린 환자가 힘없이 내뱉는 몇 마디 안에 짙은 그리움이 깔리고, 내가 생각지도 못한 안타까움과 고독이 물씬 깃들어 있었다.

그녀를 바라보던 나는 부축을 하면서 거세게 그녀의 목덜미를 와락 끌어당겼다. 격정적으로 입술을 맞추었다. 갑작스러운 입맞춤에 당황하던 그녀도 싫지 않은 듯, 나의 어깨에 양손을 가져갔다. 어두운 새벽녘, 골목 모퉁이에서 뒤엉키는 남녀. 거기까지가 끝이었다.

굳이 사랑한다고 말하지 않아도, 똑같은 감성과 느낌만으로 이미 충분했다.

불같이 맞대던 입술을 떼어낸 나는 가로등 불빛이 환한 골목 계단에 털썩 걸터앉았다. 아무 일 없었다는 듯이, 천연덕스러운 얼굴로, 멍하니 나를 바라보는 그녀가 피식 웃었다.

"멋진 놈. 아직도 그때의 귀엽고 낭만적인 로맨스는 남아있어." 그녀가 진중하게 말했다.

"학교에선 우리만 아는 은밀한 비밀이다.

알았니?

비겁하게 배신하면 다리 몽둥이를 확, 분질러 버릴랑께 알아서 해.

장난기가 발동된 나는 익살스럽게 말했다.

"네, 공주마마 여부가 있겠사옵니까? 분부대로 따르지요. 하하."

그녀는 내심 궁금해졌다.

"근데 궁금하네?" 나는 눈을 동그랗게 뜨고 호기심으로 물었다.

"머가?" 뜻밖의 일이라는 생각에 그녀가 재차 되물었다.

"니가 어떻게 무용과에 올 생각을 다했니? 그렇게 사내답고 농땡인데?"

나는 별거 아니라는 듯이 심드렁하게 말했다.

"야, 말도 마라, 핏똥 샀다. 그리고 같은 동네에 사는 성훈이 형이 무용하고 있어서 항상 어울리다 봉께, 자연스럽게 하게 됐다 아이가."

그제야 그녀는 고개를 끄덕이며 수긍하며 말했다.

"하긴 ....워낙 사교성이 좋고 운동신경이 있으니까? 잘 했겠지. 그리고 탈이 좋잖아!"

그녀의 칭찬에 입가엔 웃음이 번졌다.

"하하, 머 그냥 운이 좋았지! 니도 대단해! 그렇게 놀고 악바리근성으로 고시까지 패스하고 무용을 했다는 고것이?"

그녀는 당연한 걸 새삼스럽게 왜 묻니, 라는 표정으로.

"그래, 뭐 하긴, 내가 머리나, 몸매나 한 미모는 했지! 학창 시절부터. 그러니, 자기도 내 마이 좋아했다 아이가?" 라고 말했다.

그녀의 장단에 재빨리 수긍했다.

"하하, 맞다. 그래." 자기 혼자 인생 디렉팅 자알...했네. 뒤에 연출은 내가 하면 되겠네.
                    그녀는 눈을 동그랗게 뜨고 말했다.

연출이나 디렉팅이나 같은 말 아니니?

뻘쭘하게.
              아..하...그...래,..................

그녀는 말했다.

'예전이나 지금이나 대충 넘겨짚는 건 아주 여전해.

이제는 기억할 수 없는 아련한 추억속의 농담들과 객쩍은 웃음을 주고받다가 해가 기울기 시작하는 걸 보고 나는 진지하게 말했다.

종희야, 어느 날 갑자기 걸려오는 전화 한통에 송두리째 휙휙 바뀌는 게 인생이야.....

내일 머슨 일이 일어날지도 몰라. 다, 시간이 해결해 줄 때가 있어. 지금 답이 없다면 피해 일단. 끝..까지 최..대한 피하고 보면........ 인생은 항상 변수가 생기기 마련이거등.

변수에 자...알 대처하는 게 지혜롭게 사는 거야..............이 말이 사는데 다...피가 되고 살이 돼. 요것만 딱 실천하믄 사는 데 아...무 지장 없을 기다.

알았제. 달빛 아래 바람 불고 존네. 우리 좀 걸을래.

....

그녀는 말없이 눈만 맞추고 고개만 끄덕거리며 나의 어깨에 기대었다.

속절없이 무작정 흘러가 버린 세월이 원망스러웠다. 지금 순수한 사람 모두가 살아 숨쉬기 좋은, 더없이 맑은 저녁 밤공기였다.

우린 똑같이 주문을 외치고 있었다.

"청춘아, 제발 거기서 멈추고 쉬었다 가거라."

지나버린 5년이란 세월이 야속한 탓일까? 각자의 갈 길은 이미 정해져 있는 것일까?
그렇게 절박하게 붙잡아 두고 싶은 청춘의 한 페이지가 추억 속으로 아련히 저물어갔다.

#죽음

오랜만에 초여름 하늘은 구름 한 점 없이 청명했다. 나는 오전 일찍 이론 수업을 마치고 서둘렀다. 갑자기 온 문자 한 통. 아버지가 위독하다고 급한 호출이 왔다. 곧장 그길로 부산 집으로 내려갔다. 응급실에 도착하자마자, 맨 먼저 울먹이는 목소리로 아버지를 목 놓아 불렀다.

아부지예……………………………………

'와…아…….

사랑하는 막내아들 물음에 당신의 몸은 이미 죽었는데, 희미한 정신줄의 끝자락을 잡고 본능적으로 대답하셨다.

그게 당신의 마지막 음성이었다.

아버지의 그나마 미세한 의식은 남아있었다. 집에서 임종하시기를 원하셨다. 방안에 모든 식구가 아버지 주위로 둘러앉았다. 숨을 거두었다. 그 찰나, 손목시계 바늘조차 움직이질 않았다. 신기한 일이었다. 아버지가 마지막 삶의 끝자락을 잡고 아쉬워하는 게 절박하게 느껴졌다. 고인과 작별 인사를 했다.

이마에 손을 갖다 대고 마지막 체온을 느꼈다. 하관이 시작되었다. 광대뼈 불거진 뺨에 굵은 눈물방울이 소맷자락에 뚝 떨어졌다. 그 모습에 친인척들과 가족은 격정적인 슬픔에 일제히 통곡했다. 구슬픈 눈물은 하염없이 흘렀다. 울다 지쳐서 잠들어 버렸다. 꿈속에서는 아버지가 새하얀 소복을 입고 노래 한 곡조를 하셨다.

천둥산 박달재를 울고넘는 우리님아
물항라 저고리가 궂은비에 젖는구려

 노래를 다 부르시고 손을 흔들며 하늘 높이 올라가셨다. 삶이 참으로 허망했다.

대학 2학년 때 죽음에 대해서 생각했다. 인간은 왜 죽어야만 하는가? 삶과 죽음이 세상의 당연한 이치거늘, 멀쩡한 내가 한 줌의 흙으로 돌아간다는 사실이 억울하고 원통했다. 믿을 수 없는 죽음이란 현실 앞에서 깊은 절망과 고뇌에 빠졌다. 상복을 입고 허전한 마음에 밖으로 나와서 담뱃불을 붙였다. 맵싸한 연기가 폐 속 깊이 들어가면서 약간의 통증이 일어났다.

누군가 뒤에서 어깨를 살짝 감쌌다.

수길이다.

"힘내고, 늦게 와서 미안하다."

골목 바닥에 나란히 쭈그려 앉았다.

용대와 태기도 같이 왔다. 나머지 녀석들은 안 보인다. 역시 올 리가 없지. 전날에 있었던 술판의 앙금이 채 가시기도 전에 이런 일이 생겨버렸으니, 심경의 변화가 복잡했겠지.

그는 걱정스러운 눈빛으로 말했다.

"덕원 선배가 그날 이후, 학교에 영 안 보이더라? 무슨 속셈이 있는 것 같은데? 이 생쥐같은 시키가 고마 미끼를 생켜부렸구마잉.

여우같은 곰새끼.

한동안 몸 좀 사리지?"

나는 두 모금밖에 안 피운 담뱃불을 손으로 비벼 끄며 벌떡 일어서면서 말했다.

"니라카마 후배한테 맞고 앤가이 안 쪽팔리겠나? 마음의 움직임이 가장 무서운 적이여. 지금부터 단도리 잘해라. 우리만 입, 귀 닫으면 된다.

"그라고, 아버지가 생전 살아계실 때, 내가 막 고등학교 들어가고 갑자기 배가 아파 맹장으로 침대서 떨어져 데굴데굴 거리며 아파 죽을 뻔 했다 아이가?

그때 내를 등에 업으시고...시장판을 지나, 도로 신호등을 건너시고...... 기어이 병원에 와서, 그때...내는. 죽을까봐, 간호사 손을 꼭옥 잡고 수술했다 아이가?.......... 그 기억이 아직도... 생생하데이!

막내아들 죽을까봐..... 아부지가 죽을 만큼 뛰신 거...... 나는 아직도 못 잊는다.

 돌아가시기 한 달 전.......동네 야산에 올라가서 그러드구마,......

막내야, 남한테 손가락질 받지 말고....... 착하게 살아라잉....하늘이다.... 보고 잇응께...............

아버지 등위로 노을이 붉게 서서히 지고 있을 때 나는 혼자서 나지막이 읊조렸다.

그때가..난 아직도 엊그제같이 생생하게 기억난데이..아부지 살아 계실 때가....참, 좋았데이. 나는 고개를 끄덕였다.

노을과 강들이 바람에 반짝반짝 빛나고 유유히 흘렀다.

나는 마음속으로 다짐했다.

나의 인생은 참 행복했고 때론 불행했습니다. 인생이 한낱 구불구불한 미로처럼 뜬구름에 불과하다지만 그럼에도 불구하고 살아 있음에 감사합니다. 어둠을 밀어내고 돋을볕이 솟으면 햇살이 부챗살처럼 퍼지고 새벽 아침, 차가운 바람과 꽃이 피기 전에 부는 아삭한 바람 소리, 해 질 무렵 피어나는 붉은 노을의 짙은 내음, 어느 하루도 허투루 찬란하게 눈부시지 않은 날이 없었습니다. 보잘것없고 하찮은 하루가 가고 위대한 하루가 온다 해도 인생은 충분히 살아갈 가치가 있습니다. 아버지, 지금 당신이 무척이나 그립습니다. 지금 그곳은 아주 살만한가요.

 현실로 돌아와 골목에 앉아서 그에게 말했다.

"글마도 다 시간이 지나마..... 저절로 나타나게 돼 있다. 지도 인간인데, 씨잘 데 없는데 신경끄고, 저 짜로 가가, 고마 밥이나 챙겨 묵고 기냥 가라……….

걱정…. 한 개도 하지 말고!

"니는 선배한테 얼굴만 보면 공갈협박이넹."

나는 냉담하게 말했다.

"난 말이야, 폭풍이 오기 전 이 고요함이 너….무 맘에 들어.

한 마리 미친 들개처럼.
그는 맞장구를 쳤다.

음… 나도 그런 것 같아.

나는 충고하듯 말했다.

"앞으로 이것만 따…악 기억하마 뭐라도 자..알 될기다.

뒤에 누가 있고.

내 앞에 언넘이 있는지.

나는 썩소를 짓고 돌아섰다.

세상 돌아가는 게임의 법칙은 늘 구석에서 조용히 살아가는 사이코 같은 놈을 항상 눈여겨봐야 하는 법이다.

모두가 일상으로 돌아갔다. 그렇게 아파하고 슬플 짬도 없었다. 5개월 뒤에 아들이 죽자, 할머니마저 병환으로 급작스럽게 돌아가셨다. 죽음, 주변 다른 이들이 경험하지 못한 것을 어린 나이에 연거푸 두 번이나 맛본 나는 정신적인 충격이 컸다.

인간은 어차피 홀로 서야 한다. 부모도 같이 갈 수가 없다. 다만 인연의 뿌리만 깊게 닿아 있을 뿐이다. 자식은 또 하나의 유기체로 오롯이 홀로 살아가야만 한다. 물속에 혼자 뿌리 깊게 박힌 나무처럼.

그날 밤 나는 희한한 꿈을 꾸었다.

지옥의 악마가 소리쳤다.

여기 들어오는 자,

모든 희망을 버려라!

때마침 그토록 증오하던 돌삐가 지옥 불로 추락하고 있었다.

 친구를 철저히 이용해서 첫사랑을 앗아간 그를 그토록 죽이고 싶었다. 누군가 그에게 마지막 희망의 손을 내밀었다. 손을 잡고 올라오면 천국행 열차를 같이 타자는 것이다. 그가 정체 모를 남자의 손을 잡자마자, 지옥의 다른 무리들이 '우리도 함께 같이 가자'고 모두 그의 발목을 붙잡았다.

그는 발목이 잡히자, 세차게 발길질을 하면서 말했다. '이거 안 논나, 새끼들아, 나는 너희들과 차원이 다르단 말이야. 이 사람이 나만 살려 준 거란 말이야. 말이 끝나자, 모두 지옥 불로 추락하고 말았다.

죽음 앞에서 살겠다고 절박하게 파닥거리거나 발버둥 치는 것은 개나 소나 인간이나 똑같은 입장이다.

어차피 태어나 죽으면 천국으로 갈지, 지옥으로 갈지, 발악을 해봐야 이미 정해진 운명인 것을.

남자는 눈물을 훔치면서 하늘로 올라갔다.

세상에 착한 인간, 나쁜 인간은 없다. 착한 인간이 나쁜 일을 할 수도 있고, 나쁜 인간이 착한 일을 할 수도 있다.

남자는 돌아온다는 아무런 기약도 없이 갔다. 죄를 짓고 지옥 불로 추락하는 인간에게 연민의 정을 느낀 것일까?

깜박 선잠이 들어 새벽에 깨어났다. 꿈은 머릿속에서 알 수 없는 소용돌이처럼 계속 맴돌았다. 베갯잇이 온통 식은땀에 젖어 있었다. 잠시 밖을 나와 까닭 모를 우울을 곱씹었다. 날은 어두웠고 동이 트려면 아직 멀었다. 전날 새벽과 간밤에 이어 벌써 두 번째 꾸는 꿈이었다. 내가 꿈을 꾸다니, 그것도 기묘하기 짝이 없는 것들을 연달아 시달리다니, 정말이지 기분이 좋지 않았다.

인간은 특별한 의미 없이 세상에 내던져진 존재이고 죽음만이 이 고단한 삶으로부터 벗어 날 것이다.

그때 확실히 알았다. 나약한 인간이 감당해야 하는 절대적인 것은 죽음과 고뇌, 망각 외에는 아무것도 없다는 사실을.

9화/그해 겨울 데모, 방황

그렇게 구름 따라 달포가 흐르고, 다시 몇 주가 흘러갔을 때, 학교 무용실 안에서 나는 선배 몇 명과 수업을 하고 있었다.

갑자기 군대서 갓 제대한 용대가 한창 수업 중인 무용실 문을 노크도 없이 열고 서풋서풋 다가와서 큰소리쳤다.

"어이, 일단 수업 중지! 마카다 교실 밖으로 다 나간다. 빨리 안 뛰!"

용대의 갑작스러운 돌발 행동에 모두 어쩔 줄을 몰라서 서로 눈치만 보고 주춤거리자, 그의 성난 분노가 목청을 드높였다.

"야, 전부 밖으로 나가란 소리 안 들리나, 이것들이 귓구멍에 대못을 박앗나?"

그의 경고를 무시한 나는 뒷귀가 먹은 사람처럼 굴었다. 그와 눈이 딱 마주쳤다. 나는 떨떠름하게 대꾸했다.

"머슨 말인교, 거기?

"느거들! 지금, 체육과 선생한테 무용을 배운다, 말이야? 이 새끼들아, 알겠나! 이것들이 아직도 귀가 먹었나? 빨리 안 나가나?"라고 말하더니 바닥 모퉁이에 있는 각목을 위협적으로 집어 들었다. 그제야, 서로 힐끔 눈치를 보면서 전부 우왕좌왕 도망치기 시작했다.

그 말은 즉 무용과 수업은 무용을 전공한 교수한테 배워야 하는데, 지금 교수는 체육이 전공이고 무용은 부전공이라는 말이다.

이미 학교는 투명하지 못한 행정으로 총장은 벌써 도망가고 없었다. 그 여파가 자질이 없는 교수는 퇴출하자란 목소리가 무용과까지 영향을 미친 것이다. 나라가 위기일 때는 영웅이 필요하다. 내부적으로 썩어빠진 학교는 메스를 들 진짜 용기 있는 자가 필요한 시점이었다.

마침 무대포 정신으로 무장한 그는 무용실 안에 체육을 전공한 교수 따위는 안중에도 없었다. 겁에 질린 소심한 태기는 창문을 열고 황급히 도망갔다. 뒤이어 선배 누나의 탈출을 도와주는 뒷모습은 마치 해방된 조선에서 허둥지둥 도망가는 일제 앞잡이 같았다. 나는 세상 가장 비겁한 배신자의 단면을 그때 처음 느꼈다.

이때 중대한 결심을 한 그는 무용실에서 맴돌고 있는 나의 멱살을 움켜잡고 늑대처럼 노려보며 말했다.

"이 쉐끼 이거 눈까리 여엉 히바리가 읍네.
니는 퍼뜩 안 나가고 머하노 임마?
다른 넘들 다 나가는데."

　　　　　　나는 그의 손목을 뿌리치면서 말했다.

"노소 이거? 가기는 으데 가능교? 내 발로 나가구마. 자꾸 이러면 동네 개양아치 되구마, 어지가이 하소 고마?

씩씩하게 말하고 잽싸게 나가버렸다.

"아따........, 저 시끼가......이제 개아리까지 타네..."

일격을 당한 그는 마음속으로 중얼거렸다. 더 이상의 폭력은 행사하지 못했다. 내가 더 강한 폭력적인 도구로 무슨 짓이든 해버릴 것 같아서, 그는 움칫거리는 육체를 이성으로 꾹꾹 억누르고 말았다.

#성엽과 종희

그날 늦은 저녁 11시, 담배 연기 자욱한 허름한 여관방.

사랑스럽게 여자의 머리를 감싸 쓸어 주고 나의 넓은 어깨를 베고 누운 이는 종희. 한때 덕원 선배와 사랑을 술김에 저지른 불장난으로 믿고 싶었다. 아니 그렇게 생각해야지, 마음의 위안이 되니까, 스스로 자기최면을 거는 것이 아사리 속은 편했다.

안 그러면 숨도 못 쉬고 답답해서 미쳐 버릴 것만 같았다.

복합적이고 미묘한 감정들이 뒤죽박죽 혼란스러워질 때쯤 잃어버린 세월을 만회하려는 듯이 우린 급속히 가까워졌다.

밤은 새벽으로 달려갔다. 서로를 깊이 안은 남녀의 불안한 행복이 아슬아슬하기만 했다. 품에 포근히 안긴 그녀가 애틋한 목소리로 물었다.

"자기야 우리 그냥 동거나 확 해버릴까?" 잠시 머뭇거리고 주춤하는 사이에 애꿎은 침묵만이 무작정 흘러갔다. 지금 교내 총장실은 투명하지 못한 행정과 심각한 부패로 모든 수업은 잠정 중단되었다. 혹시나, 했던 일이 결국 현실로 나타났다.

시대가 우울하니, 나의 사정도 마찬가지였다. 그녀의 말이 무엇을 의미하는지 몰라서가 아니다. 답답한 마음에 그녀가 재차 물었다.

"어디서 살던지 지금보단 훨씬 나을 거야. 무슨 말을 좀 해봐! 자긴, 아무것도 할 수 없는 이런 상황이 좋아?"

조용히 듣고만 있던 나는 무엇인가, 중대한 결심을 하고 시뻘게진 얼굴로 벌떡 일어서면서 말했다.

"세상은 가진 놈이 사는 기고 없는 놈은 간 쓸개 다 빼놓고 살아도 밑빠진 독에 물붙기야. 그라고, 학교도 지금 데모하고 좆같이 돌아가는데, 군대나 빨리 갔다 와서 다시 시작해야 안 되긋나?

그라고 춥고 배고픈 기 딴따라인데, 일단 졸업은 하고 봐야지. 몸뚱어리가 바스러지도록 죽도록 해서, 국립을 가든, 생노가다를 하든, 이참에 아예, 쇼 부는 봐야 할 것 아이가?

 여태 이 세상 단 한 사람도 내 편이 없어.

남자는 말이여, 지를 알아주는 사람을 위해서 목숨 바치는 동물이여.

그라고, 인간은 어딜 가도. 지오야지를 잘 만나야 돼.

이까쩡 살아오면서 잉가이 마...이 생각해보이 단 하루도 행복하질 않았어.

 북치고 장고 치고 여태 혼자 다했다 아이가.

니미럴!

씹다 뱉은 껌처럼 방바닥에 버려진 성엽. 몸을 추스르며 돌아눕는 뒷태가 쓸쓸하다 못해 뭔가 처연한 느낌마저 든다.

그녀는 애써 위로했다.

너무 자책하지마. 원래 가까운 사람이 더 모르는 거야. 모르니까 정으로 더 오래 살수 있는 거지."

나는 얼어붙은 겨울 땅을 고스란히 등허리로 느끼며 누웠다.

그녀가 새삼스럽게 귀를 쫑긋하게 세우며 물었다.

"지금 자기가 가려는 그길.....되게 외롭고 힘든 작업이야. 혼자 감당해야 되니까. 불쌍한 건 자기나 나나 마찬가지야.

좋아하는 감정이라는 건 꼭 부풀어 오르는 풍선 같아서 눈감고 모른 척하면 제멋대로 가더라. 특히나 좋지 않은 감정은 기억을 먹고 자꾸 덩치를 키워.

살다 보면 가끔 그런 재미난 일들이 벌어지곤 해 .

자기를 만난 이후로 더 그러네. 요즘 가슴 뛰는 하루하루의 연속이야. 자기 덕분에.

자기 우리 조금만 더 버티고 힘내자."

나의 얼굴은 잔뜩 일그러졌다.

"에이, 엿같은 세상. 라고 말하고는 이내

짜증을 내면서 '휙' 돌아 누워버렸다. 그녀는 나의 어깨를 토닥이면서 말했다.

"자기가 가진 강력한 추진력에 열정이 더해지면 자긴 세상을 향해 문을 닫아. 결국 지독한 독선과 아집, 아성, 오만함, 그것만 남고 주위엔 아무도 없어.

인생 짧아, 돌아가지 말고 직진해. 자기 하고 싶은 거 하면서.......

돌아서서 나의 가슴에 얼굴을 살포시 기대는 그녀에게 달콤하게 키스를 했다.

남녀의 육체가 느끼는 사랑은 모든 수단과 방법을 동원해서라도 같이 있고 싶어 한다. 그 어떤 방법을 써서라도 꼭.

그녀는 이제 내가 없으면 못살 정도로 나를 사랑하고 있었다.

최근에 더욱 그녀에게서 일어나는 질투의 발작에 짜릿한 전율을 느꼈다. 그 질투의 원인이 나에 대한 사랑이라는 것을 알면서도 그녀에 대해 식어가는 감정을 아무리 숨기려 해도 숨길 수가 없었다. 이런저런 생각에 몸을 뒤척이며 잠을 청해도 오질 않았다. 언제나 잠들 수 없게 예리한 면도날 같은 번민들을 겨누고 있던 새벽 밤공기는 산소 속에 썩여서 내 지친 육체를 오래도록 다독이고 있었다.

데모, 무용, 노가다, 국립, 그녀의 눈물과 불빛, 긴 새벽 밤, 이런저런 잡생각과 뒤숭숭하게 춤추는 눈송이를 노려보다가 겨우 선잠이 들 즈음에,

그녀는 귓속을 향해 나지막이 속삭였다.

"그 어떤 시련도 자기 꿈을 막을 수 없어. 인생이 고달프고 남루할수록 꿈은 더욱 빛나는 법이거등."

"사랑해."

그러고도 긴 시간이 흘렀다. 나는 군대를 제대하고 집안 사정으로 복학은 하지 않고 학교를 중퇴해 버렸다. 그 무렵, 그녀는 연락이 두절된 채, 속절없이 세월만 훌쩍 지나가 버렸다. 기나긴 시간, 졸업과 함께 고향에 잠시 다녀오겠다던 그 후 오랜 세월 아무런 연락이 없

었다.

애타고 불안한 기분이 엄습했다. 악몽의 시작일까? 다시 돌아오지 않으면 어떡하나? 꼬리에 꼬리를 무는 불길한 생각. 그녀와의 짧았던 만남은 긴 헤어짐 속에서 추억이라는 이름으로 끊임없이 흘러갔다.

그 어떤 만남도 사랑의 추억이 남아있는 한 이별은 없다. 지난 시간, 이제 돌아갈 순 없지만, 그 시절을 떠올리는 것만으로 행복하다면.

#20년 후/ 만남

어느 날, 익숙한 듯 낯선 문자 메시지가 한 통 왔다.

'그동안 잘 지냈니. 나, 종희야, 학교 졸업하고 웨딩 숍 차렸어. 청담동에 오면 한번 놀러와! 알았지. 주소는 서울 강남구 청담동 255번지야'

짤막한 문자는 어제 금방 만났던 사람처럼 거리낌이 없었다. 모든 것이 거짓말 같았다.

그녀는 그동안 어떻게 살아온 것일까? 모르긴 몰라도 여느 여자들처럼 평범한 삶은 아닌 것 같은 직감이 들었다. 이미 지나간 과거는 누구나 아프고 안타깝다.

잘못 보낸 어제는, 오늘 더 만회하면 되지만, 한번 지나간 인생은 두 번 다시 돌이킬 수 없다. 그 사실이 참으로 원통하고 비통했다.

10화/다시 재회 그리고 덕원, 마담. 오달

날은 가고 부슬비도 내리고 햇살은 건조하고 따갑게 아스팔트 위에 내리고 청담동 웨딩드레스 숍. 문을 열고 입구로 들어서면 약간의 허세와 담백한 가구와 세련되고 다소 과장된 인테리어가 제법 근사하게 보였다. 한 사내가 동그란 도넛 담배 연기를 열심히 만들며 입술을 오므리고 있었고 그 옆에서 돈을 세는 그녀는 평소와는 전혀 다른 모습이었다.

장사꾼처럼 제법 싹싹한 웃음을 띠며 손님을 응대하는 모양새는 그 옛날 철없을 때의 모습은 이미 사라진 지 오래였다.

인간은 젊고 건강할 때는 자신이 영원히 살 것처럼 믿는다. 가진 재능이 사라져도 초조해하지도 않는다. 싱싱한 20대들은 지금의 즐거움과 행복을 기꺼이 나중으로 미룬다.

이후 인생이 험난하고 눈앞의 미래가 불투명하고 한계를 느낄 때쯤, 삶의 중심은 바로 지금, 바뀌기 시작한다는 것이다. 진정한 행복은 인간의 본성을 회복하는 것이다.

개는 산책을 좋아하는 것이 본성이다. 이것을 모르고 다른 것을 하면 개는 스트레스를 받고 서서히 병들어 죽어 갈 것이다. 인간 역시 본성대로 살아가야 한다.

돈을 벌려고 일하는 것은 즐겁지 않다. 밥통을 위한 삶은 이내 권태로움에 빠지고 만다. 하지만 먹고 살기 위해선 어쩔 수 없이 낮에 죽도록 일해야만 한다. 일로 받은 스트레스는, 저녁에 술과 밤 문화의 쾌락으로 해소한다. 왜, 낮에 하는 일은 재미가 없고 즐겁지 않으니까, 퇴근 후, 열심히 노는 것이다.

그녀 스스로가 권태로운 이 비극적인 인생 막장 같은 드라마에서 바뀔 수밖에 없는 사연이 어쩌면 이런 이유가 아니었을까?

삶의 비극에 대한 두려움이 클수록 그녀는 지극정성을 다해서 일에 집착했다.

옷걸이에는 드레스와 옷이 어지럽게 널려있고 많은 양은 아니다. 양아치든, 예술가든, 드레스 가게 주인이든 험난한 세상을 살아 내기 위해선 모두가 힘든 것 또한 부정할 수 없는 현실이다.

 나는 문을 열고 얼굴을 살포시 내밀며 말했다.

"나, 왔어!"

그녀로부터 연락을 받고 닷새 만에 일부러 찾아갔다. 내가 불쑥 나타나자, 잠시 멈칫 놀라 발과 얼굴을 흝어보며 그녀 얼굴에 화색이 감돌았다.

"어머, 성엽아! 오랜만이네, 잘 지냈어?"

바로 그때 처음 보는 사내의 못마땅한 듯 싸늘하고 따가운 시선이 느껴졌다.

나를 발견한 사내의 얼굴이 일순간 굳어 버렸다. 살짝 당황한 표정으로 그녀에게 은근슬쩍 물었다.

"..........어, 그으래! 옆에 분은 누구..........지?" 그녀는 아무렇지도 않은 듯이 상냥하게 말했다.

"인사해! 이 분은 가끔씩 일 도와주시는 분이야."

"아, 그래, 반갑습니다. 유...성.........."라고 어색하게 말했지만 찜찜한 기분은 숨길 수가 없었다.

그녀는 조금 전의 당당함은 이내 사라지고 어깨도 움츠러들었다. 인사할 타이밍을 놓친 사내는 고개만 약간 수그린 채 이리저리 눈치만 살피고 있었다.

종희는 멍한 눈으로 나를 바라보았고 눈이 백치스럽게 깜박이더니 예의 깊은 불안을 안은 얼굴이 되었다.

그녀는 이 둘이 친구란 사실을 단박에 알지 못했다. 무슨 말을 하긴 해야겠는데, 마땅한 말이 퍼뜩 떠오르질 않았다. 그동안 살기 위해서 치열하게 살아온 시간만큼이나 그녀는 자기 삶을 뒤돌아볼 여유가 없었다. 인간은 나이가 들면서 점점 사고가 꼬장꼬장해지고 좋지 않은 기억을 자꾸만 소환하려고 한다.

난 20년 전에 당신이 한 일을 알고 있다. 라고 말하면서 상대방의 약점을 지적하면서 싸움의 발단은 시작된다. 흔히 무지하고 매사 부정적인 인간은 나이가 들면서 기억이 더욱 선명해져서 불필요한 기억으로 자꾸 언쟁이 잦아진다. 망각은 뇌를 속이는 궁극적인 거짓말이다. 오로지 자신에게 할 수 있는 거짓말.

인간은 망각의 동물이다. 불필요한 기억은 삭제하는 것이 정신건강에 좋다. 망각한 자에게는 복이 있나니, 자신의 실수조차 잊기 때문이라는 니체의 말처럼 신이 인간에게 내린 최고의 명약이 바로 망각이 아닐까?

불안하게 흔들리는 그녀의 동공 속 시선이 두 사내를 더듬었다.

"둘이.............서로 아는 사이야?"

그녀의 물음에 나는 말문이 막혀 잠시 우물거렸다.

"아, 아니........."

침착하려 애썼지만 그녀의 물음에 나도 모르게 힘이 들어갔다. 사내의 눈에서는 알 수 없는 광채가 번득이고 있었다. 야행성 동물 같은 눈이라고 생각했다. 그 시선을 피해 버리고 싶다는 강한 충동을 느끼며, 그러나 나의 난감함과 어색함이 눈빛에 드러나지 않기를 바라며 나는 사내의 눈을 마주 보았다.

젠장.
여전히 그를 노려보며 나는 속엣말을 되뇌었다.

.........이게 얼마만 인가? 오달을 어떻게, 20년 만에 여기서 만나다니? 그러면 그가 바로 그녀의 정부였단 말인가?

아니, 그 옛날 둘도 없는 친구가 지금 첫사랑과 깊은 관계로 갔다면 도대체 어디까지 갔단 말인가? 머릿속이 엉킨 실타래처럼 혼란스러웠고 온통 새하얗게 정지된 느낌이었다.

이성과 판단, 감정마저도 죄다 홀린 듯 극심한 공황 상태에 빠져들었다.

그를 찬찬히 훑어보았다. 몇 초 동안 서로를 유심히 관찰했다. 응시하는 동안 그녀의 동거인이나 약자의 피를 빨아먹는 양아치라든가, 하는 조건을 초월한 인간으로서의 관계가 자연스럽게 이어졌다.

지나간 시간의 크기만큼, 확연히 달라진 두 사람.

옛날보다 얼굴빛은 좀 누르죽죽하고 눈가에 잔주름이 조금 보였지만 표정은 고등학교 시절 그대로였다. 서로 눈빛이 마주치자, 피식 웃고 말았다.

두 사람은 이미 복잡한 기억을 떠올리면서 머릿속으론 수많은 대화를 했다.

상상과 추측, 질문과 대답을 수없이 되풀이하면서 다시 현실로 돌아왔다.

어색한 공간 속에서 훌쩍 지나가 버린 세월이 그저 야속하기만 했다.

이놈은 지금 왜 여기에 있고, 나는 또 왜 이놈과 같은 공간에서 이런 운명으로 만나야 하는가?

"뭐해!" 둘이 멍하니 서가지고, 어디 좀………. 이상한데?"

그녀가 묻고 내가 답했다.

"이상하긴 뭐이 이상 하노?" 나는 식은땀이 바짝 났다.

그녀는 복잡한 머릿속을 정리하며 말했다.

"내가 괜히 오해했나? 여기 이분은 내가 처음 가게를 차릴 때 도움을 많이 주셨어? 박 사장님이 아니었으면 가게도 힘들었어? 두 분이 서로 알고 지내면 앞으로 많은 도움이 되실 거예요!"

나는 너스레를 떨며 말했다.

"아이고, 내가 무슨 큰 도움이 될까봐? 민폐나 끼치지."

"같은 과 친구에요! 고딩 때부터 알았는데, 어떻게 대학도 같이 다니게 되었네요? 박 사장님이 동생처럼 잘 대해줘요!"

"어, 내가 뭐 특별히 도움 될게 있나? 뒤에 서로 도움 될 일 안 있긋나?"

그는 경계하듯 대답했다. 분위기는 더 어색해졌다.

"역시 박 사장님은 맘도 태평양이셔!"

"하하, 그런가?"

그녀의 애교에 그도 겸연쩍게 피식 따라 웃었다. 언제쯤 아는 척을 해야 할까? 나는 암묵적으로 더 나은 훗날을 기약했다.

문득 오달은 그녀의 소개로 알고 지내는 덕원과 약속한 날이 희미하게 떠올랐다.

기억은 덕원과의 첫 만남을 회상한다. 그날은 그녀가 덕원에게 그를 처음 소개해 준 날이기도 했다.

"인사해요, 오빠! 여기 이분은 사업을 물심양면으로 도와주시는 박 사장님에요."

그는 흠칫했다. 사내 손등에 담뱃불 지진 **화인** *(火囙)* 이 도드라져 보인 것이다. 담뱃불 지질 때 살타는 역겹고 냄새 누릿한 연기 속에서 입술을 악다물고 쌍욕을 지껄이는 사내 모습을 상상했다. 내색하지 않고 침착하게 말했다.

"아! 네, 박 오달이라고 합니다. 귀에 딱지가 안도록 익히 많이 들었습니다."

"아이고, 부끄럽습니다. 제가 무슨 하하. 전, 종희 대학교 선배, 김 덕원이라고 합니다. 이 원장 앞으로 잘 부탁드립니다." 사내는 흉측한 자해와 어울리지 않게 부드럽게 말했다.

그는 의례적인 웃음을 지으며,

이 원장이 워낙 감각이 좋으시니, 뭐! 알아서 잘 하시겠죠."라고 말했으나 극도의 긴장은 숨기지 못했다. 사내는 <u>시종일관 (始終一貫)</u>담담하게 말했다.

"그럼 앞으로 불편한 게 있으시면 얼마든지 먼저 얘길 하십시오. 제가 할 수 있는 것은 얼마든지 쏴드리겠습니다."

그녀는 애교 가득한 미소로 말했다.

맞아요, 오빠, 옛말에 사람이 부탁하면 들어줘라. 라는 속담도 있잖아요."

덕원, 머리를 갸우뚱하면서.

"허허, 그래, 그으런 말도 있었나? 금시초문이네.

오달은 눈치 빠르게 부탁했다.

"아, 그럼 이 참에 제가 담주 자금이 좀 필요한데, 송구스럽지만 한번 부탁드려도 되겠습니까?" 그의 간절히 매달리는 표정은 자신의 모든 자존심을 사내의 한마디에 걸고 있는 것 같았고 곧 "YES"란 대답을 확정하는 눈빛이었다.

"하하, 얼마든지요! 그럼 담주에 우리 실장님 보내드리겠습니다. 필요한 금액은 그때 따로 말씀하시면 될 겁니다."

"세상에, 이렇게 감사할 수가, 초면에 추한 모습 보여서 죄송합니다.

'사는 게... 다.... 추하죠, 거, 너무 신경 쓰지 마이소

대신 내 뒤를 열시미 봐 주....이소. 출세 좀 하게.

그는 겉으론 아무렇지도 않은 듯 말했지만, 왠지 비굴하고 서글픈 감정을 숨길 수는 없었다.

돌아서는 사내를 향해 속으로 뇌까렸다.

이 쉐끼 이거, 돈, 잇다고 사람 띄엄띄엄 보고 지랄이네.

"개새끼"

그의 간사한 마음의 소리가 사내의 뒤통수에 강렬히 꽂혔다.

각자 서로를 견제하면서 필요한 약속만 하고 어색하게 헤어졌다. 시간은 다시 현재로 돌아왔다.

그는 혼미한 정신을 바짝 차리고 그녀에게 물었다.

"아 참, 김 사장한테서 전화 왔지?"

그녀도 들뜬 마음에 깜박 잊고 있다가 불현듯이 떠올랐다.

"어머, 내 정신 좀 봐. 나도 깜박 잊고 있었네. 지금쯤 아마 오고 있을 거예요. 아, 저기 주차장에 차가 보이네요."

학교를 졸업하고 덕원은 사업체를 운영하면서 그녀로 인해 그와 면식이 있는 사이였다. 바로 오늘이 덕원이 사업자금을 빌려주기로 한 날이었다.

길바닥의 자갈처럼 굴러다니는 그를 이만큼이나 돌봐 준 것도 덕원이었다. 덕원 입장에선 동네 3류 양아치에게 사업자금도 빌려주고 적당히 자신의 입맛에 맞게 이용했지만 그걸 봉사라고 끝까지 우기는데, 아니다. 라고 마땅히 반박할 논리의 여지가 없었다. 그는 단지 덕원의 하수인이자, 머슴에 불과할 뿐, 그 이하도 이상도 아니었다.

그때 풍채가 좋은 마담으로 보이는 한 여인이 문을 열고 슬며시 들어왔다.

"안녕하세요. 김 사장에게 숱하게 얘길 많이 들었어요. 한때 끗발 날리셨다고. 그리고……대학 후배라고 잘 해드리라고 하던데요. 근데, 여기 두 분은 뉘신지?"라고 묻자, 그녀는 적잖이 당황하며 말했다.

"아, 그냥 대학 친구에요, 인사해!"

사내 둘은 고개만 까딱거렸다.

그녀도 구체적으로 설명하기도 어정쩡해서 대충 얼버무렸다.

"아, 네!"

치마 옆으로 굵은 허벅지를 드러내고 농염하게 다리를 꼰 마담이 담배 하나를 꺼내 물고 시원하게 연기를 내 뿜었다.

 마담 폰이 울렸다.

"띠리링.

잠시만요, 여보세요! 뭐, 대출요?

나, 대출 안해도 쓸 돈 많아..용.

잠깐, 아이..씨! 당신들 그 유명한 보이스피싱이지?

그리 할 일없음 노가다라도해. 이 쉐갸. 사람등치지말고.

"탁'

마담은 전화기를 끊고 화가 아직 덜 가라앉은 듯 씩씩거렸다.

"아이, 재수없는 인간들. 이런 쓰레기들 때문에 사람들이 서로 불신한다니까요?

우리처럼 건전한 사람까지도 덩달아 도매 취급당하고 말이야? 그녀를 한번 슥 쳐다보면서.

"아, 참, 김 사장님에게 대충 얘기는 들었어요? 얼마쯤 필요하세요?"

서슴없이 묻는 마담의 말투는 이 바닥에서 잔뼈가 굵은 느낌이 물씬 풍겼다. 그녀는 애써 돈 빌리는 비굴함을 내색하지 않으려고 안간힘을 감추면서 말했지만 어색함은 숨길 수 없었다.

"얼마 안 돼요? 한 1000만 원만 빌려주시면 돼요. 5개월 안에 이자하고 같이 갚을게요."

죄책감을 앞세운 알량한 내 자존심만 아니라면 모두가 행복해질 수 있는 돈, 은혜로운 천만 원이었다.

"그럼, 선이자 100만 떼고 900만 원 지금 드리죠! 됐죠. 사채가 못 받는 것은 시체 밖에 없는데 설마 그럴 일은 없겠죠. 호호, 농담에요,,,농담. 아무튼, 이 바닥에선 이자는 통상적으로 10%입니다. 굳이 긴 말 안 해도 잘 아시죠.

웃기지 않은 농담이었지만 종희는 마담따라 어줍게 웃어 보였다.

"사채 돈은 쇼킹할일 없으니 걱정마세요.. 리즈너블 한 거 같네요. 그렇게 하시죠."

지금 당장 가진 것 하나 없는 나는 나설 수도, 도울 수도 없는 처지라서 그저 묵묵히 지켜보는 것밖에는 딱히 할 것이 없었다.

마담은 뜬금없이 그녀에게 냉소적인 제안을 하나 건넸다.

"참, 내가 당신이 할 수밖에 없는 제안을 하나 하죠?

제가 기똥찬 일 하나, 물색 중이거든요? 노블리스 오블리제를 실천은 못해도 흉내는 내면서 살아야죠, 어짜피 한번 살다가는 인생, 안 그래요? 호호."

마담이 큰 손으로 입을 가리고 호탕하게 웃었다. 뭔가 기이한 표정의 마담. 왠지 섬칫한 느낌을 받는 종희. 자기도 모르게 머뭇거리며.

"그래도 제가 잘 모르는 사람과 사업을 하기에는………아직……… 좀 경험이……… 없어서?"

"거 차암 보기보다 아직 세상 물정에 순진하시네, 세상에 모르는 사람은 없어요. 단지 내가 알지 못하는 연인이나 위대한 천재만이 있을 뿐이죠. 전부 아는 사람과 사업을 어떡해 해요. 대부분 모르는 사람과 해요. 결혼도 애당초 아는 인간 만나서 같이 사나요?

모르는 동네 영감 만나 정붙이고 결혼해서 몸 주고, 애 놓고 사는 것처럼, 모르는 인간들과 더불어 그렇게 사는 게, 다 세상 사는 이치 아닌가요?

세상이 바꿨어요. 고정관념부터 바꾸세요?"

누군가를 힐난하는 듯한 마담의 어조에 종희는 정신을 집중해서 오롯이 다시 물었다.

"나로선 당신이 얼마나 나쁜 사람인지, 말해줄 사람이 없어서 답답하긴 한데, 한가지 궁금하네요? 그럼 편법을 쓰자는 말씀인지?"

마담은 그녀가 답답하다는 듯이 선생이 학생에게 조근조근 설명하듯이 말했다.

"호호, 순진하시긴. 합법을 가장한 법의 테두리 안에서 해야죠? 요즘이 어떤 세상인데, 대한민국이 그렇게[호락하진 않아요.

소크라테스나 예수같이 세상 모든 위대한 천재들이 불우한 시대에 태어나서 무지한 인간들에게서 온갖 핍박을 받고 세상을 바꾼 것처럼 인간은 운과 줄도 잘 서야 하지만, 영웅이 되려면 타이밍과 시대를 잘 만나는 게 최고의 행운이죠. 호호."

"제발 좀 작작하지. 내가 왜 이런 장사치를 두려워하지."

마담은 극악했고 그녀의 서글픈 마음의 소리가 송곳처럼 요동쳤다.

그녀는 속으로 마담의 말에 동의하지 않았고 군말 대신 살짝 미소만 지었다. 전부 다 썩 내키지 않는 일이었다. 어쩌면 처음부터 마담은 그녀를 희롱하듯이 말했고 그녀는 순한 양처럼 애꿎은 손톱만 만지작거리며 긴 침묵으로 버텨냈다.

마담은 다시 담뱃불을 붙이며 문 쪽으로 또박또박 걸어가다가 등을 꼿꼿이 세우며 목소리를 급바꾸며 난데없이 북한 말투를 흉내 냈다.

"아 참...근디!....인간은 말이디요!

늘 시간이 없는 것을 불평하지만, 실제 시간이 무한정 있는 것처럼 사는 게 어리석은 인간이디.....

내레...진인...짜 장사치는 말이디요!

물건을 자아...알 파는 기 아니고..... 쓸모없는 걸...... 자.....알 파는 기.

진인......짜 장사치지! 안 그래, 동무.

어케 생각하네?

순간 머리를 탁탁 치면서 말하는 마담.

아 참! 중요한 한 가지를 깜박했네. 어딜 가나 익숙해 지는 게 젤 무서워.

같이 사는 꼰대에게 몸과 마음이 익숙하게 쩔면 습관처럼 사는 거야.

누가 봐도 딱 노예인데,

정작 자기가 자발적인 현대판 노예인지 모르고 살다가 종으로 죽는 거지.

똥개가 집 지키듯이……음…그리고 각자 수준에 맞게 끼리끼리 사는 게 세상사야.

대통은 대통끼리. 딴따는 딴따라, 노가다는 노가다끼리, 언개놈들이 직업에 귀천읍다켄노?

염병할 소리하고 잇네? 이상.

.

문을 열고 생끗 웃으며 나가는 마담. 손을 흔들면서 말했다.

"굿바이."

기가 차서 바라보는 종희. 어이가 없어서 헛기침을 했다.

 그녀는 물을 틀어 놓고 마담의 머리끄덩이를 잡고 세면대에 처박는 상상을 했다.

아…악………파….팍…..

'디저 이년아 니가 그리 잘낫나, 별것두 아닌게 지랄이야'

마담이 돌아가자, 상상으로나마, 그녀의 머리끄덩이를 하수구에 처박고 나니 속이 후련해 졌다.

마담의 집요한 설득에 그녀는 온종일 섬뜩함과 팔엔 소름이 오슬오슬 피어났다.

대체 인간이 남의 기분은 아랑곳하지 않고 어떻게 자기 말만 할 수가 있지? 단 한 가지 분명한 것은 그녀가 노골적으로 싫은 반응을 보여도 두 사내는 침묵했다는 것이다.
잊으려 해도 쉽사리 가시지 않는 집착과 근성이었다. 마담이 돌아가자, 그녀는 어지럽고 허기져서 현기증이 일어났다. 머리가 온통 뒤죽박죽 이상한 게임에 휘말린 기분이었다.

삶은 때때로 우리에게 선택을 강요한다. 어리석음이든, 비겁이든 용감하게 하나만 선택해야 한다. 그것이 천국이든, 지옥이든.

그것도 잠시, 방금까지 의식하지 못했던 극도의 긴장감이 풀리면서 전신에 피로가 한꺼번에 확 몰려왔다. 악은 스스로가 흉하다는 것을 잘 알고 있어서 선이란 또 다른 가면을 쓰는 것이 아닐까? 그녀는 깨달았다. 인간을 가장 추악하게 만들고 처참하게 만드는 가장 강력한 존재가 바로 돈이란 사실을.

결국 지옥과 악마보다 더한 것이 바로 눈앞에 닥친 현실인 것도........

11화/종희의 은밀한 사생활.

쾌청한 오후였다. 라일락꽃의 알싸한 향기가 코끝을 찌르는 거리에도 어김없이 칠흑 같은 어둠이 내렸다. 그날 밤 새벽, 자취방에 삐리링, 폰이 요란하게 울렸다.

나는 불현듯 열 계단을 단번에 헛디딘 것처럼 소스라치며 깨어났다. 겨우 수화기를 귀에 갖다 대고 눈을 감은 채, 말했다.

"…………여보……세요?"

"나, 종희!"

수화기 너머 익숙한 그녀의 목소리에 잠이 확 달아났다. 썩 좋은 일은 아닌 것 같았다.

예리한 직감은 틀리지 않았다.

"어…지금 어데고?"

"새벽 2시쯤에 이태원 테헤란 모텔 앞에 있는데 좀 태우러 올 수 있어?" 이미 예상한 말이었지만 궁금증이 앞섰다.

"어………그으래, 누구하고……있노?"

"친구랑 한잔하는데, 갑자기 자기가 보고 싶어서."

"어…….알았어! 마이 마시지 말고 적당히 해. 뭣일 있는 건 아이제?"

그녀는 태연하게 말했다.

"걱정 말고 있다 봐."

갑작스러운 전화가 내심 기뻤지만 한 편으론 기분이 영 마뜩찮았다. 말 못 할 사정이 있는 것이 분명한 느낌이 들었지만, 으레 속으로만 짐작할 뿐이었다.

새벽 1시, 음악 소리가 요란하게 흐르고 술 취한 남녀가 흥에 겨워 비틀거리면서 춤을 추고 있었다.

자본주의 이론대로라면 그곳에는 여전히 돈을 주고 여자를 살려는 숫놈과 돈을 받고 몸을 팔려는 여자가 있었다. 드레스 가게 운영은 처음부터 오직 오달의 욕심과 이익으로만 철저히 돌아갔다. 단지 그녀는 그에게 돈만 갖다 바치는 희생양에 불과할 뿐.

급기야 사업은 점점 기울고 갈수록 적자가 쌓이자, 술집까지 나오게 된 것이다. 불어나는 사체를 감당하려면 당장 몸이라도 팔아야 할 지경이었다. 새벽 1시 30분, 비틀거리면서 어느 낯선 남자와 그녀가 바깥으로 나왔다.

"오빠, 한잔 더 하고 갈래?" 남자는 몸을 가눌 수 없을 만큼 비틀거리면서 말했다.

"어, 그래 어데 갈래? 니 꼴리는 데로 가자!" 그녀는 내심 사내의 진심이 궁금해졌다.

"어머, 오빠, 정말 돈이 많구나? 그럼, 집도 사줄 수 있어?" 사내는 술김에 말한 것이 들 통 나자, 바로 본색을 드러냈다.

"어, 그건 …….좀………. 생각……..해 봐야겠네?" 그녀는 그럼 그렇지 하면서,

"치,.......... 남자들은 말만 하면 다 허풍쟁이들이야!" 라고 말했다.

"하하, 너, 오빠 무시하는 거야? 알았어! 나도 가오가 잇지 말이야, 자, 여기 지갑 안에 돈 전부 니해뿌라?"

"어머..............정말?"

그녀는 살짝 기대감에 부풀어서.

어머, 진짜. 웬일이니. 100만원 수표 딱 한 장 있네. 나, 다 해도 돼지.

사내는 불쌍한 표정으로.

.   잠, 잠깐만, 그래도 갈 차비는 줘야지.

핸드백에서 돈을 꺼내면서.

            "자, 10만원 됐지.

하기사, 남자나 여자나 약점과 돈을 최대한 감추는 게 인지상정이지.

그는 얼른 받으면서 어조에 쪼잔함이 잔뜩 묻어났다.

"어,.....어. 고마워. 이번에 추진하는 프로젝트가 있는데, 일만 성공시키면, 너 해달라는 거 전부 싹 다해주게? 좀만 기다려, 오빠가 요즘 조금 힘들어서 그래. 이해해줄 수 있지?"

어색한 변명과 비굴함이 잔뜩 묻어 있는 허풍이 심한 사내의 어조에 한두 번 당한 것이 아닌 이미 단련된 그녀였다.

말이 끝나자, 미리 대기 중인 검은 승용차가 도착했다. 몸을 싣고 정해진 단골 모텔로 익숙하게 출발했다.

그녀는 이제 돈에 환장한 것처럼 무엇이든 다 할 것만 같았다.

모텔로 들어간 그녀는 정확하게 1시간 뒤에 나왔다. 밤업소에 종사하는 여성들은 시간이 곧 돈이다. 시간 서비스 가격이 모두 정해져 있기 때문이다. 시간을 엄수하는 것이 돈이고 생명이다. 그녀의 프로다운 밤 생활이 익숙하게 보였다. 멀리서 그 모습을 지켜본 나는 불안한 감정과 사랑하는 감정 사이에서 여전히 애매모호한 줄타기를 하고 있었다.

그녀 몸은 이미 녹초가 되어 있었다. 금방이라도 기절할 것 같았다. 지금 그녀는 나를 만날 생각을 하니, 없는 기운이 절로 샘솟았다. 검정 외투의 팔꿈치가 반들반들하게 닳아 있었다. 순수한 소녀 같은 감성으로 뾰족구두로 용케 내리막길을 또박또박 선명한 소리를 내며 발걸음을 재촉했다. 차 문을 열면서 새침하게 그녀가 말했다.

"어머, 왔어! 많이 기다렸지? 참, 진작 얘기하려고 했는데, 그날이 오늘이네. 이 일 했는지는 꽤나 오래 됐어. 많이 놀랐지? 엽이 너만 알고 있어, 그 인간도 몰라, 나 이런 일 하는 거. 그냥 모른 척 해줘! 가게가 어려우니 나로선 이 방법밖에 없더라.

 어디 하소연 할 때도 없고, 목마른 인간이 먼저 우물 파는 수밖에."

나는 그녀의 갑작스러운 고백의 진실을 파악하는데, 수초의 시간이 필요했다.

차 안에는 누구를 위한 노래인지 노랫말 가사가 나의 처지를 말하는 것 같았다.

"답답한 사랑이지……니가 모르는 아주 먼 곳으로 나를 데려 가 주오……"

그녀는 차에 올라타자마자 피곤한 육체를 못 이겨 금세 잠이 들어버렸다. 20년 만에 만나고 사실 번듯한 웨딩숍 원장인 줄 알았다. 저녁에는 주점에서 몸을 팔고 매일 하루가 고달프게 이중생활을 하는 그녀를 보고 있자니, 이내 자괴감에 빠졌다.

그전부터 내가 가장 좋아하는 것은 그녀의 생긋 웃는 눈웃음과 예쁜 미소였다. 그녀가 내 곁에서 환한 웃음을 잃어버릴지도 모른다는 생각이 들자, 금세 우울해졌다.

그럼 오달은 분명 이런 사실을 전혀 모른단 말인가? 그에게 능욕당하고 철저히 짓밟힌다는 생각이 불현듯 들었다.

흔히 보통 인간들은 각자 맡은바, 개미처럼 죽도록 일만 한다. 이후 갑작스러운 사고나 질병으로 아니면 급격한 노화로, 어느새 죽음도 맞이해야 한다는 사실이 슬펐다. 시간을 거꾸로 돌려서라고 태어나기 이전으로 돌아가고 싶었다.

곧 썰물처럼 밀려오는 한없이 사랑스러워지는 그녀의 생각을 막을 수는 없었다. 그녀는 나의 속마음과 별난 걱정을 다 아는 단 한 사람이기 때문이다.

오직 내가 할 수 있는 건, 밤의 환락에서 그녀를 구출해 주고 싶은 마음뿐이었다. 이런저런 복잡한 생각 동안 차는 어느새 가게 앞에 다다랐다.

"다 왔어!"

그녀가 생긋 웃으며 말했다.

"내일 또 올 거지! 수고 했어!"

밝은 얼굴에 감춰진 그녀의 눈물을 알아도 현실을 받아들일 수밖에 없었다. 걱정도 잠시, 뜬금없이 나는 물었다.

"나 자고 갈까?" 그녀는 수척해진 얼굴로 말했다.

"안 피곤해! 마음대로 해!"

말이 끝나자마자, 그녀의 입술에 저돌적으로 키스를 했다. 그녀는 피곤한 기색도 없이 몰아치는 나의 키스와 욕정을 스펀지처럼 흡수했다. 나는 그녀의 가슴을 터질 듯이 움켜쥐었다. 그녀의 맨몸은 한없이 부드러웠고 육감적이었고 다정했다. 그녀의 손길이 나의 목덜미를 얼굴을 가슴을 매만졌다. 잔잔하고 따뜻한 슬픔 같은 것이 육체의 밑바닥에서부터 서서히 혈관을 적시며 차올라 오고 있었다. 그녀를 꼭 끌어안아주고 싶었지만 온몸이 결박된 것 같이 전율이 일어났다. 지금 유일하게 나를 살아 움직이게 하는 것은 오직 불타오르는 욕정뿐이었다. 거추장스러운 셔츠는 찢어버리고 나도 모르게 신음과 괴성을 지르고 전율했다.

조여드는 그녀의 폭포수 속으로 화산같이 솟구치는 정액을 사정없이 분출했다.

격렬한 밤을 보내고 부스스하게 눈뜬 그녀는 누운 자세로 다리를 들어서 나의 다리 위에 살짝 걸쳤다. 내가 다리를 밀치자, 다시 나의 가슴 위에 올라타고 해 맑게 활짝 웃고 있었다.

그녀의 머리 뒤로 창문 밖에는 뭉게구름과 아침 햇살이 눈부시게 비추면서 둥실둥실 흘러갔다. 영원히 이어질 것 같은 행복한 시간. 나는 눈이 부셔 손등으로 얼굴을 살짝 가렸다. 여느 사이좋은 부부처럼.

그녀는 두 손으로 나의 머리를 부드럽게 쓰다듬어주었다. 마음은 차분해지면서 그녀의 품이 천국처럼 포근했다. 텅 빈 마음이 치유되고 비로소 꽉 찬 느낌이 들었다.

어떤 이에게는 자연스러운 일상이겠지만, 나에게는 소소한 하루하루가 위태로운 거친 파도타기와 같았다.

나는 상의를 탈의한 채, 헛헛함을 달래려 두 팔을 벌리고 한 바퀴 돌고 머리는 뒤로 젖히고 에꾸 눈으로 손가락 총을 세 번 쏴 주는 시늉을 하고

빵 야...빵 야...빵야..................

부엌으로 향했다.

침실을 한번 슥 돌아보면서

"커피 마실래! 난 믹쵸! 길 다방, 스타일!"

그녀가 물었다.

"믹쵸? 그게 뭐니?

"믹스커피에 초콜릿 한 조각 타서 녹여 먹는 기 달달하니, 내 입맛에 딱이야!

그럼 난........빵우꿀이네.

나는 물었다.

그기 머슨 말이고?

"빵에 우유 한잔 부어서 꿀 한 숟가락 타서 먹어.

입맛이 없을 땐 늘 이렇게 먹어.

그녀는 맛있게 호로록 빵우꿀을 마셨다. 나는 다소곳이 앉아 거참 신기하네, 표정으로 바라보았다. 그녀는 약간의 의심스러운 봉투의 알약을 몰래 삼키고 곁눈질로 나의 목걸이를 쳐다보았다.

 나는 모른 척 조용하게 바라보면서 물었다.

그기 맛있나? 억시로 히안하게 먹네?

 이게 가끔 댕길 때가 있어!

나는 갑자기 궁금증이 하나 떠올라 물었다.

참, 갑자기 옛날부터 궁금한 게 닭과 달걀 중 어느 게 먼저고? 내는 그기 아직까지 미스터리다.

그녀는 확신에 찬 어조로 말했다.

　　　　　병, 아,.., 리.

그녀는 멋쩍으니까 괜히 낄낄 웃었다.

나는 이상한 눈으로 웃는 그녀를 유심히 쳐다보며 말했다.

맞다, 그기 정답이네.

나의 입가도 슬며시 미소가 번졌다.

봄 햇살이 따사로웠다. 실바람 사이로 아카시아 내음이 머리를 살랑살랑 스치고 이따금 울려 퍼지는 천진난만한 아이들 웃음소리. 그녀가 그토록 소원하는 것은 이런 평범한 봄날의 일상이었다. 오늘 그녀의 마음과 현실은 아직 꽁꽁 얼어붙은 시베리아 허허벌판이었다.

12화/사채와 경매

시간은 빠르게 흘렀다. 바람은 스산하게 불고 봄, 여름이 갔다. 거리에는 낙엽이 흩날리고 서울 도심에 첫눈 대신 진눈깨비가 내리던 어느 날, 청담동 그녀의 드레스 가게에는 건장한 남자들이 어수선하게 서 있었다. 인상이 말 그대로, 딱 재수 없어 보이는 하급직 말단 공무원이 형식적이고 사무적인 어조로 딱딱하게 말했다.

"그럼, 다음 주 금요일 14시에 금일 현장에서 바로 진행합니다."

공무원을 바라보는 그녀의 표정은 여전히 수심이 가득했다.

이내 남자들은 모두 돌아갔다. 그녀는 그저 말로만 숱하게 듣던 노랑딱지가 물건마다 어지럽게 '덕지덕지' 붙어있는 것을 보고 망연자실했다.

"똑똑, 노크 소리가 들렸다.

"누구.....세요?"

"............"

대꾸가 없다. 그녀가 문을 열었다. 나는 놀란 토끼 눈으로 바라보았다. 그녀의 얼굴은 피곤한 기색이 역력했다. 심상치 않은 기운을 느꼈다.

"니, 와, 카노! 무슨 일 있나?"

그녀는 왜소한 어깨만 들먹이며 목울음을 삼키고 있었다.

"자기……….흑………흑."

"………………"

나를 보자, 양손으로 얼굴을 감싸고 걷잡을 수 없을 만큼 크게 흐느끼고 있었다. 사방을 한 바퀴 빙 둘러보고 나는 화들짝 놀란 얼굴로 물었다.

"이기 머슨 일이고? 이런 기 와, 붙어 있노?

박 사장, 그 인간, 짓 이제?"

"………………………"

방에 들어선 그녀는 무너지듯 주저앉았다.

나는 그저 할 수 있는 일이라고는, 토닥이고 안아주는 것밖에 없었다. 그녀는 동그란 눈에 눈물이 맺힌 것을 훔쳤다. 멍한 머릿속 희뿌연 안개가 걷히고, 얼핏얼핏 옛 기억들이 소록소록하게 떠올랐다.

"자기가 가게 처음 왔을 때 순간 당황했었어. 오달이와 친구였다는 사실을 깜빡 잊고, 자기 돌아가고 한참 만에 생각났어. 이젠 나도 늙었나봐, 제일 중요한 걸 기억 못하고 말이야. 이제야 말하는데, 고등학교 때 자기 알기 전에 오달이 와는 이미 사귀고 있었어."

나의 놀란 동공이 갑자기 휘둥그레지면서.

"니는 그걸, 와, 인제 말하노?"

나의 채근에 다소 긴장한 듯, 그녀는 아랫입술을 살짝 깨물고 차근차근 대답했다.

"하도 친구들의 성화에 못 이겨서 처음에는 장난으로 자기를 만났어. 자기한텐 말할 수가 없었어. 실망할까봐. 대학 졸업하고 우연히 20년 만에 만났어. 자기와 결혼하는 조건으로 가게도 차려주고 돈은 얼마든지 대 준다고 했는데, 알고 보니, 유부남에 나를 이용만 하고.

 불어나는 사채 빚이 감당이 안되더라고.

노상 술 취하면 주먹질에……. 그때 맞아서 뇌의 해마를 다쳐서 장기기억은 못해. 그래서 몰라본거야..약도..아직도…머… 미안해

속이 더 미어진다. 그녀의 한 맺힌 넋두리에 마음속에서는 이미 뜨거운 눈물이 소낙비처럼 흘렀다.

그녀가 나를 알기 전부터 이미 고등학교 때부터 서로 알고 있었다는 것은 익히 알고 있었다. 중요한 것은 그전부터 벌써 나 몰래 사귀고 있었다는 것이 심한 배신감이 들었다. 지금 어떻게 해 본들 무슨 소용이 있겠는가?

이미 지난 과거인 것을? 모든 것을 용서하고 지금 소중한 것은 옆에 있는 그녀뿐이었다. 하지만 오달 이 녀석은 절대 용서할 수가 없을 것 같았다.

'자긴 여태 등에 빨대 꽂힌 줄도 모르고 동네 양아치 딱가리 노릇이나 열씨미 했뿟네.

"개안타! 너무 신경 써지 마라! 다시 시작하면 안 되긋나?"

나는 맘에도 없는 말을 하고 가까스로 어금니를 앙다물었다. 간절하고 애처롭게 떨리는 그녀의 검은 눈동자. 끈적끈적하게 달라붙은 그녀의 시선은 사랑인지, 연민인지 헷갈렸다. 그녀가 고개를 숙인 채 입술을 달싹였다.

"미안해, 다 내가 못난 탓이야. 자기도 괜히 나 때문에 이 고생을 하고."

힘없이 고개를 들고 눈물로 얼룩진 그녀를 한참 동안 바라보았다. 살포시 입을 맞추고 싶었지만 이내 머릿속에는 희망이란 전구가 깜박이며 불이 켜지는 것 같았다. 소맷자락을 걷어붙이고 나면 해결하지 못할 것도 없었다. 당장 해결 못하더라도 내가 할 수 있는 것이 보였다. 그녀를 애써 위로했다.

'박 사장은 일단 만나서 이바구 잘해 볼 테니까? 너무 걱정 안해도 된다.

'고마워............이런 일로 자꾸 신경 쓰이게 해서.

왜 나한테까지 아무렇지 않은 척한 걸까? 아프다고 하소연해도 나는 천적이 아닌데.
붉은 딱지를 응시하며 그녀가 말을 이었다. 뜨거운 혈관같은 그것들을 지켜보면 뜨거운 말이 쇳물같이 흘러나오기라도 할 것처럼.

그녀를 다독이며 나는 말했다.

'내가 알아서 처리할테니까, 고마 몸이나 잘 추스리라.

감정이 복받치는지 말을 못 잇는 종희. 바람에 댓잎 사각대는 소리.

이따금 귀뚜라미 우는 소리만 들릴 뿐 사위가 고요한 가운데 말없이 팔을 엇갈려 서로의 얼굴을 쓰다듬기만 하는 둘.

나는 연약한 그녀의 등 뒤에서 걱정스러운 눈길을 떼지 못했다. 울음을 그친 그녀를 보고 있던 나의 가슴이 들먹거렸다. 이때 변덕스러운 자신의 마음을 그녀는 본능적으로 알아챘다.

얼마나 이 남자의 가슴을 후벼 파고, 들볶고, 상처를 주면서 매몰차게 떠날 생각일까?

나는 창가에 서 있는 창백해진 그녀를 보고 황황히 돌아섰다. 발걸음 뒤로 탁 트인 시야로 보이는 거리와 앙상한 가지만 남은 가로수들이 처연히 서 있는 나를 보듬어주었다.

그렇게 시나브로 시나브로 날은 가고 비도 내렸다. 진눈깨비는 눈발이 되어 가등을 비추는 곳곳마다 나비처럼 춤추며 내렸다. 굵은 눈송이들이 몽롱하게 빛나며 거리에 내려앉을 즈음, 드레스 가게에 법원 직원과 업자가 돈 냄새 맡은 똥파리처럼 옹기종기 모여 있었다.

법원 말단 공무원이 경매 차트를 넘기면서 말했다.

"자, 베르사체 소파부터 경매 들어갑니다. 그럼 호가 100만 원부터 시작합니다! 100만, 없습니까?"

뒤쪽 끝에 앉은 업자가 손을 들고 외쳤다.

"110이요!"

"110만, 나왔네요? 다른 사람 없습니까? 110만 낙찰입니다." 짝, 짝! 다른 업자들이 서로 눈치 경쟁을 하고 머뭇거리자, 직원은 박수 두 번 치면서 가격을 확정하고 서둘러 다른 물건을 진행했다.

"다음은 삼성TV 50인치, 50만원부터 들어갑니다. 자, 50 없습니까?"

자, 없으면 유찰되고 나머진 추후 게시판에 공지하겠습니다. 수고 했습니다.

경매는 일사천리로 끝났다. 마지막 낙찰 받은 한 업자가 안쓰러운 얼굴로 그녀에게 물었다.

"원장님, 소파 아까운데 십만원 더 쳐서 120만원에 사시겠습니까?"

가만히 듣고 있던 나는 동네 잡상인 대하는 표정으로 말했다.

'아따, 뭐 여가 돼지우리도 아이고, 똥오줌 냄시가 진동을 하네잉?

"어 이, 형씨. 오늘은 이쯤 하고. 볼일 다 봤으마, 이제 빨리 가 보슈! 그런 거 필요 없으니까? 알겠능겨?

나는 잠시 벽에 걸린 그림을 유심히 보면서 말했다.

'근디, 이 그림, 굉장히 고흐적인데.... 왠지 느낌이 싸......하네.

멀찍이 보던 그녀가 냉큼 한마디 던졌다.

'아하, 그 그림, 개업식 때 아는 지인이 선물로 준 거야.

나는 팔짱을 끼고 지나가는 말로 중얼거렸다.

음...먼가..예사롭지 않은 그림이야

그때 나는 무심코 탁자 위에 있는 사과를 한입에 베어 물었다. 과즙이 입술과 턱에 줄줄 흘렀다. 업자 앞에 서서 그녀를 향해 사과를 아작아작 씹으면서 말했다.

"음, 역쉬...... 사과나 여자는..

자아알..... 익어야.........

맛이지.......안그렇나?

나는 말하고 나니 민망했다. 슬쩍 그녀 눈치를 봤다. 그녀를 투명 인간 취급하고 사과를 씹으며 다시 업자에게 떨떠름하게 물었다.

어이, 형씨. 사과가 영어로 몬지 아능교?

애플이죠. 그것도 모르는 사람이 있어요.

나는 반문했다.

"그라마, 포도가 영어로 먼교?

사람 억시로 무시하시넹? 그거슨 내가 확실히 알지요? 앞에 자가 영어던데? 어제 울 엄마가 한보따리 사와서 3송이나 먹고 설사했는디? 머드라, 갑자기 멍해지네?

사장님 앞에 한 글자만 힌트를 좀 주시오?

그거 캐주마 다 아는 디?

에이, 딱 한자만요?

 난 큰 소리로 말했다.

"샤?

업자는 손뼉을 '탁' 치면서 말했다.

"아하, 알겠다, 이제 생각낫삐네.

업자는 한자 한자 천천히 발음했다.

"샤,,론 스,,,, 톤."

나는 냉큼 말했다.

"에라이 무식한 넘아, 물었는 내가 죄인이다. 죄인이여...아이고 죄많은 인생.......

업자는 긍정의 고개를 끄덕였다.

'아...하....

갑자기 그녀가 벌떡 일어서면서 물었다.

"자기. 그럼 걸레가 영어로 머니?

업자는 자신있게 손을 번쩍 들고 말했다.

"거..건 지가 학실히 압니다요.

행..주

나는 나쁜 생각을 털어내려는 듯 짐짓 황당하고 쾌활한 목소리로 업자에게 말했다.

"지랄 염....벼엉하고 있네. 행주는 걸레 엄마고 임마. 한글 아이가 한글? 한글. 영어도 구분 못하냐 어? 학교다닐 때 공부 안하고 머 했노? 밴또만 쳐먹었나?

기가 차서 바라보는 종희. 어이가 없어서 헛웃음마저 나오려는데. 한심하게 한마디 했다.

무식하건 둘다 똑같다 똑같애. 누굴 탓하겠니? 물어본 내가 바보다.바보....

나는 꾹 참고 업자를 향해 손으로 버럭 위협하면서 말했다.

"어이, 됐고. 확, 씨발마, 머, 같이 농담 따 먹기하니까, 동네 친구같이 편하고 그래. 이 노무..새끼가..마, '확......악...새리마공가블라 퍼득 안꺼지나?

"참네, 실컷 잘 놀다가 와, 캅니꺼. 아이고, 깜박했네. 쇼파. 생각 있으면 연락 주이소! 원장님. 다른 데 안 팔테니까요? 저도 마음이 안 좋아서 그래요?

어지간하면 원장님이 가져가세요.

자아알,,,,생각해보시고 늦게라도 연락주세용.

여기 명함으로요!

　　　　나는 눈을 희번덕대며 업자를 훑어보며 말했다.

"어이. 이 자..슥이. 마..이 놀았으마. 거, 주디 닥치고 이제 고마가도 될 거 같은디? 대가리가 빠가야로마가? 말귀라도 자..알 알아듣등가? 우리 형씨는 둘다 해당사항이 읍네?

그라고, 아무리 경매가 합법이라도 다른 인간들은 죽든 말든, 지뱃돼지만 부르면 장댕인기라, 어이, 니, 같은 개 양아치들이 조선 천지에 한 두 명인 줄 아는 가비네, 천지빼까리다[매우많다]. 이 섁갸. 눈두덩이에 욕심이 덕지덕지 붙어가.......

　　　　　　　　영...엉....재수 없구만....퍼뜩....빨리 안 꺼지나.... 씨ㅂ..................

나는 거칠게 튀어나오려던 쌍욕을 애써 꾹 참고 눈을 한번 부라려주고 '이제 고마 꺼져라' 하듯 고갯짓으로 문을 가리켰다. '자존심 상하지 않을 만큼만 해라' 하는 그녀 눈빛. '저런 쓰레기는 쪽팔려 봐야 담에 이런 짓 안 한다'라고 말하는 나의 몸짓.

그녀는 긴 한숨을 내쉬며 의자에 털썩 주저앉았다.

……. 그 말에 금세 떨떠름해진 업자들이 문밖으로 슬금슬금 쥐새끼처럼 빠져나갔다. 그녀는 다소 긴장이 풀린 얼굴이다. 밖은 이내 어둑해졌다.

나는 담뱃불을 붙이며 푸념 섞인 말투로 그녀를 애써 위로했다.

"어찌됐든지 간에, 모두 싹 다 정리하니, 마음은 홀가분해 지네. 인생이 다 그런 것 아이가? 이제 다 잘될 일만 남았네, 걱정하지 말고 안되는 건 기냥 두면 돼, 그딴 거, 애쓰지 말고 슬프고, 힘든 건 늘 곁에 잇어.

묵묵히 받아들여야지,

우짜겠노?

"원래 다 나만 힘들게 보이는 거야, 이미 결정한 일, 죽자사자 가야 되는 건, 누구나 다 똑같은 거여!

"분명한 건, 자긴 어디서든 잘해 낼 기야, 자기가 으떤 선택을 하든, 으떤 괴로움이 닥치든 압박감 같은 거, 가지지마. 자긴 잘해 왔고 계속 잘할 거니까. 자신을 의심하지 말고 기냥 쭉…욱 가면 되는 기야.

이제 내가 버팀목이 되어 줄탱께.

고마걱정 한 개도 안해도 된다.

냉담하고 때로는 지나치게 자기 확신에 찬 표정이 싹 사라지고 난 그녀의 얼굴에는 정제하지 않은 원석 같은 순수함이 고요히 어리어 있었다.

그녀는 나의 말을 곱씹으며 가슴에 살포시 안기며 말했다.

"……….나, 좀 안아줘.

종희는 입술을 달싹여 중얼거리더니.

"피곤한데, 샤워 좀 하고 올께!"

차가운 물줄기에 모든 잡념이 씻겨 내려가는 것만 같았다. 잠시 물을 틀어놓고 지나온 시간을 음미했다. 그녀가 견뎌내야 할 삶의 굴레와 편견이 가슴을 짓눌렀다.

희끄무레하게 드러난 종희. 육감적인 육체의 섹시하고 풍성한 음모가 보이기 시작했을 때 가운을 걸치고 천천히 걸음을 옮겼다. 나는 그 모습을 사랑스럽게 바라보면서 물었다.

"밖에 밤공기도 좋은데, 나가서 한잔할래?"

긴말이 필요 없었다.

"그럴까…………"

"………………"

그때 붉게 노을 진 석양처럼 잿빛으로 까맣게 타버린 그녀의 속마음을 나는 난생처음 보았다.

#성엽과 오달

이튿날 저녁, 시계는 10시 40분을 지나고 있다. 드레스 가게에 거나하게 취한 오달은 비틀거리면서 문을 열고 들어왔다. 그의 입에서 역한 술 냄새가 풍겼다. 얼굴은 어둠과 함께 붉고 멋대로 짓뭉개져 있었다. 다만 눈동자의 동물적인 인광이 시퍼렇게 이글거리고 있는 것만은 선명히 알아볼 수 있었다. 이미 예상했다는 듯이 그녀가 소파에 앉아서 그를 물끄러미 바라보고 있었다.

그는 답답한 듯이 멱살의 넥타이를 풀며 말했다.

"나도 어쩔 수가 없었어! 오해 풀어! 집에 마누라가 자기 몰래 돈 빌려준 거 알고 자기 멋대로 경매 신청한 거야! 나, 마누라, 곧 정리하고 자기하고 같이 살고 싶어! 당신도 네 마음 잘 알잖아?

와, 그런 눈으로 째리보노? 어!

이제 내까이 의심하나?

목소리는 쉬어 있었으며 술기에 젖어 혼탁했다. 퀴퀴한 체취가 연신 콧잔등에 묻어났다. 오래 빨지 않은 옷감이나 걸레에서 나는 지독한 악취였다.

눈가에는 집요한 열망의 기운만 가득 서려 있었다. 그녀는 항상 그의 손아귀에 덜미를 잡혀 답답하게 지냈다. 그 생활이 자신도 모르게 익숙해져 있었다. 이를 악물고 그녀가 체념한 듯이 반문했다.

"자기가 무슨 권리로 그런 말을 해? 알았어, 이제 그만 가봐! 엽이 올 때가 됐어? 보면 서로 안 좋아?" 말이 끝나자, 자신을 무시하는 말로 해석한 그는 목청이 높아지면서 그녀의 왼쪽 뺨을 날세게 후려쳤다.

"짝."

"야 이, 쌍년이 돌았나? 글마가 뭔데, 내가 왜, 그 놈 눈치를 봐야 하노? 가마이 보이, 그넘과 실컷 놀아나고 내를 가지고 논거 아이가? 잘 됐네, 이참에 낯짝이나 함 봐야겠네."

오달은 목청껏 으르렁거렸다.

그녀는 잠시 황당하고 어리둥절했다. 아무리 생각해도 자신이 피해자이고 '쌍년' 자를 들을 만큼 잘못한 일은, 손끝만큼도 없기 때문이다. 숨이 멎을 듯, 했다. 암흑 같은 공포에 단 한마디 비명도 지를 수 없었다.

노크도 없이 갑자기 문이 스르륵 열렸다. 나는 소리 없이 조용히 들어섰다. 고개를 푹 숙인 그녀를, 나는 놀란 눈으로 바라보았다. 뺨에는 시 벌건 피멍이 들어 있었다.

"어! 니 얼굴이 와, 그렇노?" 직감적으로 알고 있었지만 괜히 모른 척 부루퉁하게 물었다.

당황한 그녀는 고개를 뒤로 휙 돌리면서 애매하게 말미를 살짝 흐렸다.

"아........아니야, 아무것도."

그때 안절부절못하고 서 있는 오달과 얼굴이 딱 마주쳤다. 화들짝 놀란 그는 마누라를 건드리면 장모가 달려온다더니, 갑작스러운 만남에서 쥐구멍이라도 숨고 싶었다. 머릿속이 새까매졌다.

나에게 비친 그의 겉모습은 자기 잘못을 모르는 아주 태연한 낯빛이었다. 그게 더욱 분노를 자극했고 속을 더 뒤집어 놓았다. 열 길 물속은 알아도 한 길 인간의 속내는 모른다. 철없던 시절의 우정은 이미 물 건너간 지 오래다. 타고난 성정[性情]은 못 버린다더니, 나는 분을 억누르면서 냉담한 얼굴로 말했다.

"어이 친구, 롱타임 노 씨. 억…시로 오랜만이네, 이제야 정식으로 인사를 하네."

굳이 설명하지 않겠다는 그는 야무지게 입술을 깨물면서 대답했다.

"어……….그으래, 으에, 알았노. 니는 하나도 안변했네?"

나는 애써 담담한 어조로 말했다.

'목아지 공구리 쳐붓나? 뻣뻣하이 해가꼬 인상이 와그렇노? 친구야, 옛 애인을 뺏어 갔으면 행복하게 해 줘야지. 낫살은 처먹어가지고 여자 등이나 치고 말이야? 쪽팔리게 그 카마 쓰긋나?

그카고, 고딩 때 종희, 내한테 소개시켜주면서, 너 거들 둘이는 벌써 사귀고 있었다면서, 그거는 여태 와, 말 안 했노?

지금 곰곰이 생각해 보이, 년, 놈 둘이서, 내 델 꼬 논거네? 어?"

나는 험악한 눈초리로 쏘아붙였다.

"…………………"

오달은 더욱 안절부절못했다. 무엇을 말해야 할지 알 수 없어하는 얼굴이, 마치 무언극을 하는 배우 같았다. 전날 과음 때문에 목이 탄지 계속 물만 따라 마시다가 화장실을 다녀와서도 계속 안절부절못하였다. 잠시 머뭇거리더니, 애써 긴장을 감추고 태연하게 말을 이었다.

"그땐 미안하게 됐다.

딱 한 가지 달라져야 할 것은 오늘의 일들이 아니라,

너무 늦은 나의 마음이었어."

나는 목구멍이 터지도록 불같이 화를 냈다.

'어여, 니는 지금 나가 닝기리 씹빠빠로 보이냐?

사람 디지고 나서 미안하다 캐라?"

이 자슥아.

그의 구차한 변명은 사려와는 거리가 멀었다.

"니가 좋아하는데, 중간에 내가 사귄다고 어정쩡하게, 으찌 말하노?

첫사랑, 그거 빨리 끝내 주고 싶었는데 상황이 그래서, 니한테 말 못 한건, 미안하게 됐다.

어찌됐던 간에 뭣이든지, 오래 하면 별로야…………

사랑이나, 사람이나."

"자슥아, 말로 하는 사과는 용서가 가능할 때 하는 기다. 받을 수 없는 사과를 받으면 기분 얼마나 더러운지 생각해 봤냐? 도망갈 쥐구멍 파놓고 사기 치는 거나, 똑같은 거여. 낸중에 사과했는데, 니가 안 받았지. 자기 합리화나 할 거 뻔한 거, 아이가?

그라고, 인..가이 믿을수록 더 잘해줘야지. 얍샵하게 이러면 안되지. 더구나 친구한테.

그는 눈치 보며 말했다.

"살다 보니, 세상살이 뜻대로 안 되더라,

그래서 말못한 것도 있고."

"가마이 보이, 너 거 둘이서, 사람 바보 빙시 맹기는 거일도 아이네. 시상이 우찌 될라고 이라노? 내 언제 해까닥 할지 모른데이!

"그건 그렇고 여기 붙어있는 딱지는 또 으찌 된 기고?"

그는 적당히 반박할 말을 떠올리면서 다시 자기 행동에 대한 합당한 변명을 횡설수설 늘어놓았다. 이마와 머리는 온통 땀에 젖어서 김이 모락모락 났다.

"나도 조강지처 정리하고 종희하고 같이 살려고 가게를 초장에 내 돈으로 차려주고 싶었지만, 그게 안 되니, 마누라 돈과 사채를 조금 댕겨 쓴 것이 화근이 될 줄 으에 알았겠노? 그라고, 눈만 뜨마 매...일 사채에 시달리니, 인가이 사는 게 아니더라꼬?

 가게가 잘 되면 몰라도 안 되니 짜증만 나고, 또 마누라가 손쓸 겨를도 없이 경매 신청했뿌더라!

그카고 오늘 종희가 갑자기 니놈, 걱정을 하길래! 순간 열 받아서 참다, 참다못해 한 대 때렸다.

  와! 그게 그으래 잘못됐나, 어!"

나는 짜증 난 낯으로 우렁우렁하게 소리쳤다.

  "샤다에 좆낑기는 소리하고 잇네잉."

  야 이, 자슥아! 사업이고 나발이고 때리 치아라!

  지금 여서 3류 영화 찍나?"

앞으로 태풍이 휘몰아치겠지만 도리가 없었다. 썩은 암을 제거하지 않으면 살 수가 없기 때문이다.

이런 부류의 인간들은 십중팔구 언제나 자기 합리화와 기묘하고 모호한 말로 상대를 혼란에 빠뜨린다. 더구나 복잡하게 이해될 수 있는 말을 은근슬쩍 흘림으로써 순진무구한 착한 상대를 가해자로 몰아붙이는 재주를 가지고 있다는 것을 본능적으로 알아챘다.
나는 바지 벨트에 있는 작은 칼을 어느새 만지작거리고 있었다. 얼굴은 그의 면상을 향해 바짝 들이댔다. 그의 눈을 똑바로 응시하며 한 자, 한자 씹어뱉듯 말했다.

  "착한 종희, 내한테는 둘도 없는 여잔데, 니가 내한테 그카마 쓰긋나?

인가이 살아있다고 다... 사는 기 아이다. 어떻게 사는냐? 고것이 문젠기라! 니가 생각하고 살마, 얍샵하게 사는 것 보다 바보처럼 사는 기, 속은 더 편할기다.

인연이 있으마, 꿈속에서라도 다시 안 보긋나?

니캉 내 캉, 어야다, 구멍동서까지 되고 이까이 와뿟노?

고마 여서 시마이 하자.

그는 갑자기 무릎을 꿇고 손바닥을 싹싹 빌면서 말했다.

"엽아, 미안하다 한 번만 봐주라."

나는 노려보며 말했다.

'야이 의리없는 배신자 쉐기야, 펴...응생을 간신같이 얄팍..한 잔머리나 굴리고 사니까, 머, 알아서 기는 게 습관 됐냐?

그러게 왜, 거짓말을 자꾸해서 사람 모질게 만들고 그랴.....

나도 경찰서 델꼬가서 깽값 받지 그래. 천만원 이천만원.......

세상에서 젤일 비겁하고 못난 인간이 누군지 아냐?

단디 잘 들어라잉.

자기 마누라와 여자 패는 씨레기들....

노오상 약속에 밥 말아 먹고 한입으로 두 말하는 놈들. 마지막 젤 중요한거. 은혜를 베푼 사람들 등쳐먹고 이용하는 벌레보다 못한 개..양아치쉑끼들이여.

그는 바짓가랑이를 잡고 마지막 애원하듯이 크게 소리쳤다.

'엽아................

내가 잘못했다. 어....한 번만.....용서해주라..........인생무상 제상아니냐? 딱악 한번만 봐 주라? 어...내가 잘할게.

 나는 그의 머리채를 잡고 말했다.

너, 그거 나, 들어라고 하는 소리가? 인생무상 제행무상 아니냐? 머 좀 알고 씨부리라. 세상 머든지 간에 영원한 것은 읍꼬, 시간이 지나마 개나 소나 전부 다..하,,,,디진다는 말이여. 이 무식한 넘아, 무식이 철철 넘쳐서 한다라이다. 니 같은 한심한 넘을 여태 친구라고. 아이고...차..암...부끄럽다. 부끄러워.

'그라고 넌 절대 믿으면 안 되는 그런 증....말 재수 없는 눈빛이여, 알긋나.

이건 마무리다. 개자슥아.

 이런 용도로 사용하게 될 줄 예감이나 한 듯이 나는 머리는 생각만 하고 손에 쥔 칼은 벌써 그의 좌측 복부를 단박에 깊숙이 찔러 버렸다. 그는 칼이 창자를 헤집는 통증에 호흡이 가빠졌다.

"푹..."

 "억...어...흑...."

 ".........................."

그는 발작을 일으키며 처참한 고통의 몸부림은 피의 향연을 더욱더 재촉했다. 급기야 더 버티지 못하고 바닥에 곤두박질쳤다.

나는 망연자실하며 말했다.

"난, 잘못없어 다,,,니가 오바해서 여기까지 온 거야.........아이고 참, 불쌍해서 미치것네. 내가 니를 학교때부터 얼..매나 친구로 좋아하고 생각하는 지 아나? 근디, 왜그리. 잔대가리 굴리고 흐름을 잘못타고 그래?

인간이 나이 들수록 점점 근사해져야지. 간신처럼 사람을 이용하고 가지고 놀고, 내가 젤일로 싫어하는 양아치 짓만 골라서 하마 되긋나? 더구나, 친구한테.

"이제 친구도 다..... 귀찮타, 오달아......

나를 와이래 나쁜 놈으로 맹길어 뿟노? 서로 디지고 나마........

저승에서나 안 보긋나? 거짜 가서 내 원망이나 하지 마레이?"

그는 고통 속에 저절로 신음이 새어 나왔다.

"윽....................어...흐."

나는 처음으로 사람을 죽이고 싶다는 강렬한 욕망을 느꼈다. 그녀를 위해서라면 무엇이든지 할 것만 같았다. 깊은 내면에서는 알 수 없는 무서운 기운이 치밀고 올라왔다. 지금 내 앞에 있는 모든 것들을 박살 내고 싶었다. 시야는 흐릿하게 보였고 온몸에 힘이 쭉 빠졌다.

물은 이미 엎질러졌다. 덜컥 겁이 났다. 바닥은 피로 흥건히 물들어 있었다. 그 상황을 그저 지켜볼 수밖에 없었던 그녀는 온갖 불길하고 오싹한 두려움에 벌벌 떨고 있었다. 그곳에는 학창 시절 선한 나는 온데간데없고 점점 괴물로 변해가는 냉혈 인간만이 우뚝 서 있었다.

모든 것을 쳐부수고 싶은 지금에야 비로소 내가 한계점에 와 있음을 절실히 깨달았다. 그 경계를 깨고 허물고 싶었다. 전력으로 질주하는 폭주 기관차처럼 계속 달리고 싶었다. 멈출 수 없었다. 아니 결코 멈추고 싶지 않았다. 온몸으로 악을 처단해서 벚꽃처럼 찬란한 봄날을 오직 그녀에게만 선물하고 싶었다.

다정한 친구의 정이 세상 가장 지독하고 악독한 분노와 적개심으로 변하고 있었다. 감당할 수 없는 공포가 썰물처럼 밀려들었다.

그녀가 다그치며 말했다.

"너 이제 어떡할 거야? 어! 상황이 아무리 안 좋아도 그렇지, 친구를 칼로 찌르면 어떡해. 이 바보야!" 그는 자신을 편드는 그녀의 목소리가 꿈결처럼 잔잔하게 들려왔다.

그녀는 쓰러진 그를 보듬어 안고 전화기에 다급하게 소리쳤다.

"거기 119죠, 여기 사람이 칼에 찔렸어요? 빨리! 빨리요! 청담사거리 미셸 웨딩숍 255번지 어서 빨리요........."

그는 흐릿한 사물만 응시할 뿐 숨마저 점점 가빠졌다.

어둠 속에서 깜박깜박, 저마다 아우성치듯이 네온사인들이 빛났다. 차디찬 공기 탓인지, 그녀의 코끝이 빨갛고 눈물이 그렁그렁 맺혔다.

곧장 응급실로 급히 호송되었다. 피를 너무 많이 흘린 탓에 의식마저 불투명한 상태였다. 중환자실로 옮겨져 긴 호수를 코에 꽂았다. 당장 산소마스크를 씌운 얼굴은 어느 누가 봐도 식물인간이나 다름없었다.

오달은 무의식중에 생각했다. 꿈이라도 좋았다. 절대 눈뜨고 싶지 않았다. 이대로 그냥 그녀 곁에서 영원히 잠들고 싶었다.

잠결에 뉴스 소리가 들렸다.

주택가서 흉기 난동사태가 발생했습니다. 일단 경찰은 도주한 범인의 행방을 찾고 있지만 아무런 단서도 찾지 못하고 있습니다.

이곳은 어딘가. 시공간을 마비시키는 어둠 속 아련한 소음들. 눈을 뜨니 낯선 남자가 그를 내려다보고 있었다.

정신이 듭니까? 당시 칼로 찌른 범인은 누군지 얼굴이 기억납니까?

"아이고, 이 짭새들아 쪽팔리는 줄 알아라. 한 건 할라고 그단새 쪼르미 와 가지고 응급 환자한테 그 딴거나 물어보나? 사람이 다 디 저가는데. 그기 그으래 궁금하나?

창밖 새하얀 입김마저 감도는 매서운 바람 소리가 은은하게 들렸다.

지금까지 일어난 이 모든 상황을 짐작해 볼 때, 그녀는 양아치로 변해버린 오달에게서 철저하게 이용만 당하고 버려졌다. 이런 사실을 도저히 묵과할 수가 없었다. 나의 눈은 피 냄새를 맡은 하이에나처럼 번득였다. 욕망과 배신이 난무하는 더러운 세상. 조금씩 깨달았다.

앞으로 닥칠 가혹한 운명은 고삐 풀린 망아지처럼 점점 위태로워지고 있다는 것을.

13화/종희의 죽음과 비밀.

한 달 후, 시원한 실바람이 부는 청담사거리 초저녁. 달은 나직한 소리와 함께 어둠 속에 잠들고, 날뛰는 먹빛 밤하늘 아래에서 아직 잠들지 못한 형형색색의 불빛들이 명멸하고 있었다. 주택이 빼곡히 들어선 골목 계단에 걸터앉은 나는 담배 필터 끝까지 타도록 연기를 빨고 구둣발로 비벼 껐다.

다시 담배 한 대를 꺼내려는데 멀리서 낯선 차 한 대가 가게 쪽으로 빠르게 오더니 멈추어 섰다. 검은 승용차 안에는 낯이 익숙한 남녀. 입맞춤을 하고 문이 덜컥 열렸다. 아니, 이게 어찌 된 일인가? 남자는 덕원 아닌가? 그녀가 발그레해진 얼굴로 차에서 내리고 손 인사를 했다.

 나의 가슴은 얼음장 같은 차가운 냉기가 쌩하니 지나갔다. 대체 어떻게 생겨 먹은 인간인지, 이럴 수가 있을까? 넌더리가 났다. 나 말고 또 다른 남자를 만나다니, 대학 시절 한때의 불장난으로 순진하게 믿었다. 그녀의 여린 마음에 깊은 상처를 준 그는 백번 죽어도 마땅했다. 알 수가 없는 이 여인의 남자에 대한 욕망과 편력은 대체 어디까지가 끝이란 말인가?

그녀의 얼굴이 왠지 낯설게 보였다. 그녀를 향한 나의 사랑은 최악의 고통보다 더 강력한 미련이었다. 묘한 감정이 범벅이 되어 가슴이 철렁 내려앉았다. 차는 멀어져 가고 혼자가 된 그녀가 길옆으로 타박타박 걸어갔다.

천천히 보조를 맞추면서 한참을 뒤따라 걸었다. 바짝 다가가서 찰랑거리는 그녀의 뒷머리에 나지막이 속삭였다.

"으데 갔다 오노?"

발길을 멈추고 화들짝 놀란 그녀가 뒤돌아보았다.

"어머, 깜짝이야! 자기, 여태 어디 있다가 이제 왔니?" 나는 무덤덤하게 말했다.

"그냥, 지방에 아는 선배 집에 좀 있다 왔어."

그녀는 미간을 잔뜩 찌푸리며 나를 응시하며 말했다.

그날 이후로 내가 얼마나 걱정했는데? 그때 곧바로 응급실에 실려 가고 경찰들이 쫙 깔렸어. 당분간 몸 사려. 설령 잡힌다 해도 아는 변호사들 다 붙일거니까, 결국 집행유예로 정리될거야. 자긴 신경 안 써도 돼.

그래도 한동안 몸조심해. 아는 선배 언니가 미국에서 돈 많은 영감하고 사는데. 그기 가서 휴양 갔..다 생각하고 신세 좀 지고 있어. 잘 말해 놓을 테니까.

잠시 불안한 눈빛으로 나는 물었다.

"얼마나 있어야 되는 거냐?"

"왜, 빨리 가고 싶어. 얼마나 있을 건데?

"아니, 머 나야, 머. 길면 좋지만 한 3년 정도?

'잘 났어 증말. 이참에 아예, 과부하나 물어서 미국에 살지 그래.

'오, 댓츠 굳 아이디어네.

잠시 고민하는 얼굴로 팔짱을 끼면서 그녀가 물었다.

'미국 가면 자긴 없는 듯, 조용히 지내고 있어. 내가 다 알아서 할께

'음.... 자기 일단 편도로 갈 거니?

나는 미간을 찌푸리며 말했다.

"뱅기 타고 가는 기, 안 낫것나?

그녀는 나를 빤히 쳐다보며 아무 말이 없었다.

....

나는 최대한 자연스럽게 말했다.

'아 하..접수.접수...

머여, 그 눈빛은?

"내 말이 좀 멋있냐?"

그녀는 저절로 터져 나오는 웃음을 꾹 참았다.

나는 몸이 노곤해졌다.

"아, 요즘 불면증이 심해서 피곤하네? 바람도 시원한데 우리 잠시 좀

걸을래?"

그녀는 어깨에 팔을 둘러 나를 감싸며 말했다.

"응, 그럴까?"

무심하게 담뱃불을 붙였다. 숨이 막힐 때까지 길게 한번 들이마시고 다시 뽀얀 담배 연기를 허공에 내 뿜었다. 깊은 마음속에는 우울한 회색 먹구름이 잔뜩 꼈다.

그녀에게 한마디도 묻지 않았다. 고역스러운 침묵이 흐르자, 막다른 골목길에 접어들었다. 그녀가 무엇인가, 중대한 결심을 하고 망설이듯 말했다.

"성엽아, 나 덕원 선배 만나?"

"……….."

알 수 없는 배신감이 서서히 나를 휩쓸고 지나갔다.

"만난 지 얼마나 됐노?"

"가게 오픈하고 좀 어려워질 때부터야! 자금 문제로 힘들어질 때 조금씩 오빠가 보태주었거든? 자기한텐 말할 수가 없었어. 자기도 힘든 거 뻔히 알고 있는데, 괜히 부담 주기 싫었어. 상황도 그렇고."

"………"

이내 기분이 착잡해져 집게손가락까지 타들어 간 담뱃재를 터는 것도 잊은 채, 다시 말을 이었다.

"미안하다, 별 도움이 못되어서!" 상념에 젖은 나의 얼굴은 미묘하고 복잡한 감정에 마음이 아렸다.

조금 어색한 시간이 흐르고 말이 없던 그녀가 조심스레 말을 이었다.

"성엽아! 너한테만 말하는데 나, 이제 결혼할까봐?"

순간 넋 나간 인간 같던 눈에서 야수 같은 사자의 광채가 번쩍 지나갔다.

"글마하고 할라꼬?"

"미안해, 나도 이 생활 힘들어, 그만 정착하고 싶어!"

사랑이란 게 처음부터 풍덩 빠지는 줄만 알았지.

이렇게 서서히 물들어 버릴 수 있는 건 줄 몰랐어.

[어깨 으쓱하는 종희. 에이씨! 하면서 그냥 가버릴까, 하는 성엽]

"마이 잘 됐네! 결국 넌 돈 많은 놈 새끼 만나 달아나고 싶은 거야, 이런 볼썽사나운 놈 만나 여태 생고생만 실컷하고 말이야, 인간들이 그깟 돈이 중요한 게 아니라고 다들 거짓말하면서 알고 보면 다 돈이야.

이참에 잘해보면 되겠네."

그녀는 괜히 미안해져 되물었다.

"왜, 화났어!"

"아니, 내가 그깟 일로 화내는 옹졸한 놈으로 보이냐?"

나는 주섬주섬 안주머니에서 수표 1장을 꺼내서 그녀에게 건네주었다.

"받아!" 동그래진 눈으로 그녀가 물었다.

"뭐니? 이게."

"머겠노? 머니머니해도 머니지! 얼마 안 되지만 요긴하게 쓰일기다."

그래, 인생 다…아 살아보이 사랑이 시작될 때 장사는 끝이 나고 사랑이 끝나면 장사가 시작되는 법이지.

벼룩의 간을 빼먹지, 표정으로 그녀가 크게 소리쳤다.

"야, 돈도 없는데 됐어, 너나 써?"

"받아라! 그 글마집도, 잘 사는데, 씰데없는 걸로 괜히 존심 상하지 말고! 어서 집어넣어라!"

"니가 무슨 돈이 있어? 하기사 지갑이 빵빵하믄, 왠지 오늘따라 목소리도 빵빵해.

"이번 작업 누가 오다 떨져서 하는 것도 아이고 순전히 내 멋대로 하는 기야. 아무도 신경 안 써, 어짜피 난 나가리야. 원톱으로 평생 저그들 뒤에서 똥이나 닦아라, 그런 거지.

내가 아무리 지좆밥이라도 개호구로 빨대쪽족 빠는 건 아니잖아?

지그들 직속도 아이고, 근본 없는 동네 양아치 시키, 이참에 파내겠다는 거지.

한마디로 내를 지, 하바리 졸로 보는 거 아이가?

죽을 만큼의 고통은 나를 더 강하게 만드는기야.

그냥 받아라.

내 성의니께.
그녀가 물었다.

"쓸모없는 것도 자기가 판단하니.

"기냥 받아들이는 기지.

그녀는 미안한 마음을 담아 꾹꾹 눌러 담아 괜히 한마디 했다.

'조만간 연락하게'

나는 애써 덤덤하게 말했다.

'이 시국에 니하고 다시 연락할 만큼 아직도 그런 달....
콤한 낭만적인 기
　　　　　　남아 잇겠나?

멋진 추억은.. 뜨거운 가슴에... 담고

떠나간 배는 미련을... 버려.

다....아, 사랑도 한때야, 애틋한 우리 감정도 언젠가 흔적도 없이 사라질 거여.

그녀에게 시원하게 말했지만, 어정쩡한 말투. 슬픈 기분은 숨길 수가 없었다.

"여태 별 도움 못 되어서 미안해. 성엽아.

몸조심해.

나는 그녀의 팔을 잡고 말했다.

"년 너무나 멋진 여자인데 어찌 그런 장사치 같은 영감들과 와,결혼 할라카노?
글마, 잊을 수 있겠나?

그녀는 잠시 멈칫하더니, 말을 이었다.

'나같이 한물간 년을 누가 데려 간다고. 갑자기 왜 그런 말을 하니? 내가 아쉬워서.

나의 말투에 미련이 잔뜩 묻어났다.

'가마이 생각하이, 내가 계륵 같은 기분이 싸하게 드삐네.

그녀는 한참 동안 말이 없었다.

....

수초의 침묵이 흐르고 목청이 나도 모르게 힘이 들어갔다.

"아무리 선배라도 세상 물정 모르고, 지 기분에 사는 벌레 같은 놈이야.
그 넘이 순진해서 너랑 결혼해 주는 것같나. 나는 아니야. 제대하고 서울바닥에 아는이 하나 없고 복학하고 막막하니까, 만만한 너한테 가는 거야. 그 미끼를 넌 덥썩 문 거야.

잔뜩 상기된 얼굴로 그녀가 말했다.

　말이 너무 심한 거 아니니? 내가 좋아하는 사람이야, 자기가 못해 준 걸 해 준 사람이라고.

나는 그녀의 얼굴을 애써 어루만지면서 절박하게 말했다.

"장담하는데 니 고생 길이 훤히 다 보인다. 날 잊을 수 있을 것 같나? 정말로 설령 번듯하게 그 놈과 결혼한다 해도 니 맴은 언제까지나 나를 원하고 있을거야.

지금 이 기회를 놓치면 훗날에 날 찾고 아무리 구해달라고 발버둥쳐도 난 니 얼굴조차 기억못할거야.

그녀는 말없이 고개만 끄덕이고 이제야 무거운 짐을 벗어버렸다는 듯 홀가분한 표정이었다. 창백한 그녀의 얼굴에는 기쁨과 초조함과 피로가 함께 어리어 있었고 자신의 처지가 왠지 서글퍼졌다.

그것도 잠시 두 사람의 발걸음은 일순간에 흠칫 굳어 버렸다. '어머나'하고 놀란 그녀는 아연실색했다. 이내 한 손을 이마에 갖다 대고 온몸은 현기증으로 가득 차올랐다.

　　　　　　"아, 머리야."

나 역시 도끼로 뒤통수를 얻어맞은 듯 멍하니 건너편 가게를 바라보았다. 난감한 표정으로 한 손은 그녀를 부축한 채로 엉거주춤하게 서 있었다. 상황이 심각한 것을 깨달았다. 한눈에 딱 봐도 짧은 스포츠형 머리에 건장한 사내 4명이 가게 물건들을 마구잡이로 내팽개치고 아수라장이 돼버렸다. 한 졸개가 드레스 위에 불을 붙였다. 불길이 순식간에 하늘 위로 솟구치며 모든 것을 단번에 집어삼킬 기세였다.

어떻게 이런 일이 일어났는지, 도저히 알 수 없지만, 불현듯 무엇인가 뇌리를 강하게 스쳤다.
실신한 그녀를 안았다. 지금 나를 성장시킨 것은 사랑이었고 중요한 것은 내 마음속에는 이미 그녀를 위한 삶의 무한한 원천이 간직되어 있었다.

동네 어귀는 불구경하는 사람들로 가득 찼다. 그 와중에 행동대장으로 보이는 한 녀석이 목에 핏줄이 새빨갛게 터질 듯이 외쳤다.

"야, 보이는 것은 모두 불살라, 버리고! 정확히 5분 뒤에 철수한다. 알았나?"

"예, 형님!"

폐허가 된 가게 밖으로 졸개 한 명이 정신없이 도망쳐 나왔다. 너무 방심한 탓일까? 그 생각도 잠시 몸은 패거리들을 향해서 전력 질주로 내달리면서 소리쳤다.

"야 이, 개노무 쉐끼들아!"

왜 가는지, 가서 무슨 짓을 할지 생각하지 않았다. 들리는 것도, 보이는 것도 없었다. 나를 움직이는 건 오직 불타오르는 가슴뿐이었다. 손에 잡히는 대로, 몸에 부딪히는 대로, 박살 내버리고 말, 독기 그

자체였다.

마침내 처참한 광경을 바라보며 끝까지 차오른 분노를 폭발시켰다. 미친 듯이 골목을 질주하더니 옷가지를 태우던 졸개 얼굴에 체중을 실어 주먹을 힘껏 내리꽂았다. 불타는 옷 위에 벌러덩 넘어진 짐승 같은 녀석은 죽는다고 아우성쳤다. 다급하게 그녀가 등 뒤에서 비명을 질렀다.

"뒤에, 조심해, 엽아!"

그녀는 나를 향해서 온몸을 던졌다. 절체절명의 위기였다.

갑자기 졸개가 등 뒤에서 미친 듯이 달려와 각목을 그녀의 머리에 풀 스윙으로 무지막지하게 내리찍었다.

14화/성엽과 누나

"딱!" 하는 소리와 함께, 그녀는 원초적이고 무한한 무의식으로 가득 채워진 꿈의 밑바닥 상상의 세계로 점점 빠져들었다.

홍제동 낡고 허름한 2층 무용학원. 국악 음악 소리에 남성 무용수 다섯 명이 역동적인 춤사위로 몸이 땀에 흥건히 젖은 채 정신없이 움직였다. 음악 소리 사이로 가늘고 날카로운 지극히 여성스러운 남자 목소리가 카랑카랑하게 들렸다.

"투스텝, 돌아서 여기서 천을 잡고 휘두른다 말이야? 알았어! 너희들은 매번할 때 마다 그렇게 까먹니, 마치면 발바닥이 새카매지도록 복습을 하란 말이야. 놀러 다니지 말고. 남자니까 더 열심히 해야 된다 말이야. 국립에 기를 쓰고 갈려면, 알았어."

학교에서 무용을 배우는 것 말고 나는 저녁이면 학원에서 늘 따로 연습했다. 마침 동기의 부탁으로 메이크업하는 누나의 졸업발표회를 도와주기로 했다. 누나는 학원 연습을 마치는 시간이면 종종 나를 데리러 오곤 했다.

"성엽아! 누나 소매치기 당했어."

"어데?"

핸드백은 이미 날카로운 면도날에 밑바닥이 횅하니 드러나 있었다.

"참, 감쪽같이 몰랐네."

조금 황당했지만 한 편으론 재미있다는 표정으로 말했다.

"앞으로 좋은 일이 생길 징조네. 이미 생긴 일인데. 뭐! 긍정적으로 생각해."

"그래 두, 속상한 걸 어떡하니? 어쩜, 그렇게 몰랐을까? 웬일이니! 살다 살다, 이런 일도 다 생기네. 나 원 참!"

마냥 어린애처럼 투정 부리는 그녀가 한편으론 귀엽고 예쁘기도 하지만 연습으로 지친 허기진 배를 채우고 집에 가서 쉬고 싶은 마음뿐이었다.

"액땜했다고 생각하고 누나, 이제 집에 가자. 배고파."

무용 연습과 메이크업 졸업발표회 연습으로 그녀 집에서 당분간 합숙하기로 했다. 강원도 속초가 고향인 누나는 신촌에서 미용실을 무려 20년이나 운영한 베테랑이었다. 지금도 이대 앞 신촌에 가면 그 자리 고스란히 남아있을 것이다. 방학동 아파트의 그녀 집은 방이 2개이고 여자 후배와 같이 살고 있었다.

큰방에서 여자 둘만이 잠을 같이 자지만 그녀가 동생처럼 예뻐한 나를 큰 방으로 불렀다.

"성엽아, 침대에서 같이 자자. 뭐, 어때! 나이도 한참이나 어린데."

그 광경을 물끄러미 지켜보던 여자 후배는 샘 통이 났다.

"언니, 내가 바닥에서 자고 억울해."

"야, 그래도 나이 많은 니가 그냥 좀 이해해."

방안의 불은 꺼지고 잠을 청했다. 그녀 옆에 누워서 귓불에 나지막이 속삭였다.

"누나, 가슴 만지고 자도 되지?"

"응, 그래. 가슴 만지면 어릴 때, 엄마 정이 그리워서 그래."

"하하, 누나 완전 귀신이네. 내 속에 들어갔다가 왔나 봐. 종로에 돗자리 펴야겠네."

소소한 이야기를 나누다 보니, 어느새 스르륵 잠이 들어버렸다. 선잠이 든 순간 호기심이 발동되었다. 나의 손이 그녀의 배를 지나 배꼽 밑으로 내려가고 있다. 그녀가 깰까 봐, 손은 이미 석고상처럼 굳어버렸다. 그 감촉은 세상 어느 솜사탕보다 더 달콤했다.

아침 햇살이 커튼을 비집고 눈부셨다. 침대 머리맡의 라디오에선 음악이 흐르고.

"희미해지는 추억 속에 그 길을 이제 다신 걸어 볼 순 없다 하여도.....이내 가슴에 지워 버릴 수 없는 그 때 그 모든 추억들,,,,...."

그녀는 간밤에 일어난 것을 아는지, 모르는지, 알아도 모른 척하는 건지, 어린 나로선 도저히 알 길이 없고 으레 속으로 짐작만 할 뿐이었다.

"일어났어, 잘 잤니. 아침 먹어야지. 너, 뭐 먹을래. 토스트 해줄까?" 난 반사적으로 대답했다.

"토스트 맛있겠네."

"그래, 누나가 빨리 해줄게, 기다려."

나는 22살이고 그녀는 36살. 나이는 그닥 중요하지 않았다. 어렴풋이 결혼이라는 것이 이런 것이구나? 하는 상상을 해 봤다.

갑자기 결혼이란 것을 하고 싶어졌다. 사랑은 감정으로 하지, 거기에 나이는 단지 숫자에 불과하다는 것을 고대나 현대나 변하지 않는 불변의 진리가 아니던가?

 출근길 아침, 전철 안은 여전히 만원이다. 그녀와 후배는 먼저 앉고 나는 뻘쭘하게 서 있었다.

"성엽아, 여기에 앉아. 누나는 너 무릎 위에 잠시 걸터앉으면 돼. 가방은 누나가 안고 있을 께."

기분이 좋았다. 나이가 많아도 애교가 철철 넘쳤다. 이미 나이란 장벽은 아무런 의미가 없었다.

당일 백화점 안 소극장에서 졸업발표회가 열렸다. 모두가 분주했다. 나는 개인 분장실을 혼자 썼다.

맨발인 두 다리를 의자 위에 턱 걸치고 소파에 누워 고개를 뒤로 젖힌 채 담배를 피웠다.

TV에선 긴급 속보가 흘러나왔다.

속보입니다.

 오늘 노태우 대통령은 민생치안 확립을 위한 특별선언으로 '범죄와의 전쟁'을 발표했습니다.

첫째 국가의 공동체를 파괴하는 범죄와 폭력에 대한 전쟁을 선포하고 헌법이 부여한 대통령의 모든 권한을 동원해서 이를 소탕해나갈 것, 둘째, 민주사회의 기틀을 위협하는 불법과 무질서를 추방할 것, 셋째, 과소비와 투기, 퇴폐와 향락을 바로잡아 '일하는 사회', '건전한 사회'를 만들어 나갈 것 등이었다. 그 후속 조치로서는 사회 질서 확립을 위해 자정 이후 심야영업 단속, 유흥업소 단속, 교통질서 위반 집중단속, 청소년보호구역 확대, 가정파괴범·유괴범·흉악범을 비롯한 각종 범죄조직에 대한 소탕 등 종합대책을 수립하고 또 보복범죄를 특정범죄가중처벌 대상에 추가하고 각종 형사관계법을 개정해 마약, 폭력조직, 인신매매, 가정파괴범에 대한 처벌을 강화했습니다.

이에 반발하는 국민들의 갈등이 점점 커질 것으로 예상됩니다.

저런 뉴스는 나에겐 관심도 없는 가십거리에 불과했다. 나에겐 오직 춤이 전부였다.

    안단테 왈츠 선율이 흘러나왔다.

나는 상의를 탈의하고 앙상한 등뼈를 외면한 채,

    담배를 물고 눈을 섬세하게 검은색으로 터치했다.

    혓바닥을 날름거리면서.

나는 거울에 서서 힘차게 팔을 들어 아라베스크 동작을 쓱 한번 취하고 머리를 빗으로 올 뺵머리로 넘기면서 거울에 비친 모습을 뚫어지게 쳐다보며 매직을 집어 들고 빗물같이 흩어지는 감정의 찌꺼기들을 거울에 공허한 낙서로 남겼다.

    죽음이 내 삶의 가장..............

무대에 올라간 나는 안단테 왈츠 선율에 몸을 맡기고 흐느적거리는 육체와 선율이 하나 되어 미친 듯이 춤을 추었다.

공연을 마치고 분장실로 돌아오니 누나가 반갑게 맞았다.

"성엽아, 잘했어. 멋지다 너."

나는 그녀의 칭찬에 입가에는 슬며시 미소가 번졌다. 못마땅한 얼굴로 누나를 빤히 쳐다보는 후배. 너무 격하게 일어서는 바람에 의자가 우당탕 넘어졌다. 나는 매너 있게 의자를 바로 세우며 말했다.

"누나는 역시 오드리 헵번이야."

다시 재빨리 말을 바꿨다.

"역시 누난...매혹적이고 타...탁월하게 아름다우십니다!"

당연하다는 눈빛으로 고개를 끄덕이는 누나. 나의 칭찬이 못마땅한 듯 잔뜩 퉁명스럽게 후배가 말했다.

"언니, 쟤가 뭐가 그리 잘났어. 언니가 꼭 보호자처럼 챙기네요."

"애는 또 무엇 때문에 그렇게 골이 나서 그러니? 그래도 우리 작품을 위해서 쟤가 얼마나 애를 썼니? 조금이라도 나이 많은 우리가 너그럽게 이해하자. 알았니."

후배의 얼굴이 울부락 붉어졌다. 그녀의 칭찬에 감탄한 나는 재빨리 후배의 반응을 살폈다. 내가 귀엽다는 듯 웃는 누나. 나는 의자에 조용히 앉았다.

나는 무뚝뚝하게 멀리서 지켜만 보고 있었다. 아무 때나 감정을 드러내고 으르렁거리는 것은 하수나 할 짓이 아니던가? 참자! 게다가 지금은 내가 훨씬 더 나은 처지가 아닌가.

방학동, 아파트 안. 이제는 서로가 별말이 없어도 익숙한 듯이 부부인양, 각자가 알아서 씻고 취침 준비를 했다.

침대 밑에서 자던 후배는 결국 골방으로 밀려났고 나는 당연한 듯이 같이 누웠다. 익숙하게 그녀의 가슴을 만지면서 잠자리에 들었다. 속마음은 역시 잠이 올 리가 없었다. 두근거리고 설레는 마음 때문에.

"엽이, 너 키스는 해봤니?"

그녀의 묻는 말에 얼음이 된 나는 얼떨결에 '아니오'라는 말이 자동으로 발사됐다. 누나에게 사랑을 듬뿍 받으려면 지금 아무것도 모르는 순수한 대학 청년이라는 것을 빛의 속도로 인지시켜 주는 게 급선무이고 최선책이었다. 아주 잘 꾸며진 각본처럼.

"누나가 가르쳐 줄까?" 말이 끝나기 무섭게 그녀는 자신의 혀를 나의 입으로 불쑥 집어넣었다.

나는 이미 고등학교 때 터득한 풍부한 경험으로 키스를 능수능란하게 해 나갔다. '너 처음은 아닌 것 같은데' 그녀의 흥분한 손이 바지 아래로 쑥 들어갔다. 흥분한 나는 도저히 참을 수만은 없었다.

"저 두, 만지고 싶어요!"

"그래, 한번 만져봐!"

그녀의 울창한 숲속은 이미 폭포수처럼 흠뻑 젖어 있었다. 흠뻑 달아오른 그녀의 배 위로 올라타려 하자, 아래에 있던 그녀는 손으로 완강하게 밀쳐 냈다.

"그만, 여기까지. 뿍, 휴지 여기 있어. 손 닦아!"

갑자기 멍해진 나는 아무런 말도 하지 못한 채, 입술이 그대로 굳어 버렸다. '아차, 실수했구나'란 생각이 뇌리를 강하게 스쳤다. 왜 그녀는 나를 방에 들였던 것일까. 누구에게도 한 번도 허락해보지 않은 애정을, 살을 부딪힐 만큼의 가까운 관계를 나에게 허락하고 싶어 했던 것일까. 여전히 궁금한…..

아쉬운 마음을 달래려 바람이나 쐬러 현관문을 열었다. 흰 눈이 펑펑 내리고 있었다. 바깥으로 먼저 나온 그녀의 뒤를 말없이 꼭 안아주었다. 숨을 크게 들이마시며 그녀의 향기를 음미했다. 술에 취한 듯 기분이 좋았다. 나는 혼잣말로 중얼거렸다.

"아, 향긋한 누나 냄새…………

아무렇지도 않은 듯 여전히 딴 데 보며. 대답 대신 슥 돌아보는 누나.

"정말 눈 많이 오네. 엽이 너 언제 갈 거니? 이제 방학도 끝나고 학교에 가야지?"

'빨리 집에 가라'란 말로 들리는 그녀의 뉘앙스에 갑자기 주체하지 못할 섭섭하고 허전한 마음이 태풍처럼 밀려왔다.

"내가 어서 갔으면 좋겠어요?"

그녀는 부끄럽기도 하지만 그의 유혹에 빠져, 멋쩍은 얼굴로.

"아니, 너무 아쉬워서. 너, 학교 수업 빠뜨리면 안 되잖아? 왜, 삐졌어, 가라고 해서?"

"누난, 내가 빨리 갔으면 하는구나?"

그녀는 화들짝 놀라 조끼 지퍼 올리던 손을 잠시 멈추었다.

"아니야, 걱정이 돼서 그냥 물어 본거야?"

갑자기 눈물이 왈칵 쏟아졌다.

"안가고 싶고, 두 번 다시 못 볼거라 생각하면 미치고 돌아버릴 거 같은데,

어떻게 스쳐 가는 행인처럼 그렇게 말해?

어느 누구의 잘못도 아닌데, 단지 억겁의 시간이 지나서 우리가 저절로 만나진 거뿐인데.

난! 또 왜 이리도 가슴이 아푸고 미어지지.

그때 묘한 감정을 처음 느꼈다. 하늘 위 천사들도 우리의 마지막 밤을 아쉬워했다. 어둠 속에서 성글게 나부끼는 눈발은 도로에 닿자마자, 형체도 없이 으스러졌다. 눈을 뜨고 밤하늘을 쳐다보자, 까만 하늘을 가득 메운 하얀 눈송이가 속눈썹에 송골송골 맺혔다. 그렇게 허전한 마음을 위로하듯 눈은 새벽 내내 그칠 줄 몰랐다. 그녀의 마음 속 천사가 나에게 말하는 것 같았다.

"성엽아! 내가 종희야, 왜 날 모르니? 보고 싶었어.

말이 끝나는 찰나에

"딱!"

상상의 시간이 그녀의 현재시간 속으로 번개같이 관통해 버렸다.

그녀의 머리에서 흘러내리는 선연한 진홍빛 피!

그렇게 그녀는 나의 여인이 되고 싶었다.

그녀는 피를 흥건히 쏟으며 맥없이 땅바닥에 털썩 주저앉았다. 이내 나의 머리 뒤로 칼을 든 졸개 한 명이 달려들었다. 손쓸 겨를도 없이 방어적 본능으로 졸개의 칼날을 맨손으로 꽉 움켜쥐었다. 칼을 쥔 당황한 왼손에는 이미 새빨간 피가 줄줄 흘러내렸다.

손으로 점점 파고드는 통증이 이내 온몸을 타고 맴돌았다. 억지로 고통을 악으로 참고 물었다.

"너, 이 개 노무새끼야! 언놈이 시키더노?"

"그건 알거 없고, 니는 여서 내 손에 끝장 보는 기야?"

바닥에 자빠져서 고개에 잔뜩 힘이 들어갔다. 안간힘을 쓰고 버둥거렸다. 움직일 수도, 힘을 줄 수도 없었다. 얼굴은 태양같이 붉게 달아올랐다. 기어코 끝을 보려는 졸개는 위에 올라타 체중을 실어 칼날을 비틀면서 눌렀다.

역부족이었을까?

목엔 시뻘겋게 핏발과 시퍼런 핏줄이 터질 듯이 굵고 선명히 섰다. 가슴 위에 올라탄 졸개의 칼날이 눈앞까지 왔다. 힘은 전부 소진됐다. 순간 졸개의 완력을 이용해서 몸을 비틀면서 재빨리 복부를 걷어찼다. 칼은 멀리 내동댕이쳐졌다.

나는 재빨리 튕겨 나간 칼을 주워 졸개 복부에 본능적으로 아주 깊숙이 쑤셔 박았다. 졸개는 신음을 토하며 한쪽 구석에서 배를 꽉 움켜쥐고 있었다.

나는 쓰러진 졸개의 머리끄덩이를 부여잡고 성난 호랑이처럼 '으르렁'거렸다.

"모가지 확 따버리기 전에 퍼뜩 말 안하나, 언놈이 시키더노? 어!"라고 묻자, 졸개는 잔뜩 겁에 질려 말했다.

"어푸푸, 전, 아무것도 모릅니더, 정말이라예? 위에서 시켜서 일당 받고 한 것뿐이라에?

정말 모릅니더. 살려 주이소."

그 말에 분노가 치밀어 정신없이 졸개의 머리를 구둣발로 마구잡이로 걷어차고 짓밟아 버렸다.

시체처럼 죽 뻗어 버린 졸개는 겨우 숨을 헐떡이며 엎어져 있었다.

졸개를 뒤로하고 주춤 멈춰 섰다. 뒤늦게 수습 못 한 그녀를 발견했다. 의식과 심장은 미세하게 뛰고 있었다. 피멍이 든 나의 눈가엔 어느새 '주르륵' 눈물이 흘러내렸다.

씨 벌건 피로 물든 마비된 왼손이 저절로 파르르 떨렸다. 본능에 끌려 지친 오른손으로 상처 난 왼손을 지그시 감쌌다. 마치 이성으로 감정을 위로하고 어루만지듯.

피를 너무 많이 흘린 탓일까? 그녀가 의식이 없다. 규칙적인 숨소리만 나직했고 목덜미에 경동맥 움직임만 조금 떨렸다.

정신은 혼미했지만 지쳐 쓰러질 때까지 그녀의 입에 대학 때 배운 인공호흡을 시도했다. 다시 심폐소생술을 시도 했다. 내가 할 수 있는 모든 것을 총동원했다.

마지막까지 남아있는 몸뚱어리의 수분이 완전히 마르고 닳아 없어질 때까지……

가늘게 떨리는 그녀의 입술 사이로 분홍빛 혀끝이 살짝 보였다.

"종희야! 정신 차려라, 와이카노! 제발, 눈 좀 떠봐라! 종희야!"

외침에 가까운 말소리는 그녀의 귓전에서 점점 조그맣게 꺼져 들며 망막이 캄캄해졌다.

이런 제기랄! 도통 숨을 쉬지 않는다. 그나마 미세하게 떨리는 심장마저도 암흑 속에 멈추어 버렸다. 마구마구 흔들어 깨워도 심장이 멈춘 그녀는 전혀 미동도 하지 않았다. 최악의 상황을 선물로 주신 신을 원망했다. 그녀를 끝내 지켜내지 못한 죄책감에 가슴은 죄다 새까맣게 타버렸다.

…………순간 미세하게 파르르 떨리는 종희의 손가락……살아있단 신호인지, 죽음의 신호인지, 짐작조차 할 수 없었다.

연달아 늑대같이 달려드는 패거리들을 옆에 있던 각목으로 목과 머리를 가차 없이 쳐내고 한 명씩 순서대로 때려눕혔다. 졸개 한 명이 바닥으로 꼬꾸라지고, 목과 다리, 옆구리에서 피가 샘솟자, 당황한 나머지 졸개들은 조금씩 물러섰다.

 멀찍이 패배를 직감한 거동이 수상한 한 사내가 주춤주춤 물러서다가 미리 대기해 놓은 승용차로 비척비척 도망가기 시작했디. 마치 사냥꾼에게 들킨 상처 난 먹잇감이 사력을 다해 도망가듯이.

육체는 본능에 이끌려서 먹이를 발견한 맹수처럼 사내를 향해 전속력으로 달려갔다. 사내가 차 문을 열었다. 내가 조금 더 빠르게 거센 구둣발로 사내의 몸통을 향해 몸을 날려 짓밟았다.

길바닥에 대자로 크게 누운 사내는 동공이 풀리고 온통 피투성이가 된 채로 허공에 두 다리를 흐느적거리고 있었다. 아니, 이놈은 불과 얼마 전에 칼에 찔려 실려 간 오달이가 아닌가? 어떻게 다시 살아난거지. 분명 가망 없어 보였는데?

나는 문득 그날이 떠올랐다.

오달의 배에서 솟구치는 붉은 피. 종희의 어깨 위로 고요히 스윙하는 각목. 칼을 움켜진 성엽. 자신의 피 묻은 손……섬광같은 이미지들.

이를 악물고 다시 그의 멱살을 힘껏 잡았다.

"으데 납..딱하이 숨어 있다가 사람 디지고 나이 이제 나타나네? 얍샵한 간신같은 넘아, 으데 도망가노?

종희는 와 죽인노?

언 넘이 죽이라고 니한테 시키더나?

퍼뜩 말 안하나?

이 꼴통 쉐끼야."

그때 몽둥이로 때리고, 패대기치고 싶은 충동을 가까스로 억눌렀다.

죽일 수는 없었다. 머리는 죽이라고 하고, 가슴은 살려주라 했다.

간사한 잔머리가 시키는 이성을, 본능에 반응하는 불같은 가슴이 철저하게 무시해 버렸다.

육체는 가슴이 시키는 대로 저절로 움직였다.

 나는 뒷주머니에 꽂아두었던 자동차 열쇠로 그의 눈을 향해 단박에 내리꽂았다. 눈의 경련은 곧바로 손바닥을 타고 전해졌다. 단번에 끝장냈을 일격이었다. 열쇠는 그의 왼쪽 눈을 단번에 실명시켜 버렸다. 그는 비명을 지르면서 금방 잡은 물고기처럼 팔딱팔딱 뛰다가 두 눈을 손으로 감싼 채로 바닥에 웅크리고 있었다. 머릿속은 이미 두 개의 감정이 서로 엇갈렸다. 죽이기보단 한쪽 눈을 찔러 버린 것으로 만족하자고 몸이 먼저 반응했다. 머리보다는 어렴풋이 가슴이 시키는 본능의 기운이 조금 더 셌다.

오달은 죽어가는 게 아니었다. 잠시 깊은 잠이 들었을 뿐. 의식은 또렷하고 상처 난 눈만 스르륵 감고 있었다.

나는 그의 머리끄덩이를 잡고 한 자 한 자 씹듯이 내뱉었다.

"어이, 꼴통아, 니는 걸배이도 아이고, 동네 달근이도 아이고 머으꼬? 동네 반달곰이가? 니미. 물어보는 내가 또라이지.

'표정이 왜 그려. 분해서 미치겠지.

난 너 안 죽여. 와, 그런 줄 아나?"

넌 내 상대가 못되니께. 그런거여……

봐주는 것도 힘센 넘이 해주는 거여. 그기 용서고 관용이여. 너, 장발장 이야기 알지.

장발장이 촛대를 훔쳐서 잡혀왔잖아. 그때 신부님이 그 촛대, 내가 준거라고.

풀어주라고………

힘센 넘이 약한 넘에게 베푸는 거. 바로 그거야. 관용과 용서. 어…….

오달아,………………

난 말이여……….세상을………살아….봉께.

싸움 잘하고 강한 쉐끼가 기일…게 가는 게 아니라,

아부 잘하고 간신 같은 넘이 기…일고 오…호래 가는 거 같더라.

그래서 엿같고 좆같 기 시상이여…..

그라고, 인가이 뭣 땜시 죽는 줄 아나? 암으로, 사고로, 자살로 다 좆까는 소리여…..

인간은 가난 때문에 죽는기야,..... 가난......

가난 때문에............ 병 잇어도..... 병원 못가고, 가난서 벗어날려고 노가다 하다가....... 사고로 디지고,.... 살기 힘들어서... ...자살로 디지는 기야.

......이승에서의 인연은 여서 시마이고,... 숨통을 끊지 않은 건, 핵교 댕길 때 니를 친구로 생각한 마지막 최소한의 배려다.

알긋냐.....

담뱃불을 붙이면서.

"그라고, 한쪽 눈은 선 한데만 보고 살아.....

내 말 명심해.

낸 중에 후회하지 말고.

혹시 길가다 마주쳐도 기냥 모른척하고 그라자.

어색한 건 참아도 껄꺼러운 건 영...엉 좀 그렇잖아. 안 그렇나?

앞으로 착한 일만 하고 다른 사람들을 위해서 기도나 열심히 하고 살아라.

용서는 내가 하는 기 아이라, 하나님이 니 기도를 듣고 해주시는 기다.

자, 갈 때 차비나 혀."

나는 돈뭉치 몇 장을 던져주고 그녀를 태우고 급히 응급실로 갔다.

부정하고 싶은 현실이었다. 그녀의 꺼져가는 미세한 숨소리는 나의 귓가 언저리에서 쉬이 떠나가질 않았다.

남겨진 오달은 알 수 없는 죄의식과 공포로 정신이 흐릿해졌고 내가 지나간 곳을 넋이 나간 채, 한참을 바라보았다.

　　무뢰한 머리통이 죽을 때까지 기억할 수 있게……….

15화/이토록 친밀한 배신자

경기도 남양주 어느 야산에 검은 정장을 말쑥이 차려 성엽. 어느 비석 앞에 한동안 멍하니 서 있다가 비포장 길을 뚜벅뚜벅 걸어갔다. 발걸음을 채 떼기도 전에 들판의 억센 산바람이 연신 머리칼을 짐승의 갈기처럼 헝클어댔다. 담담하게 지난 일은 모두 잊으려 했다.

죽음은 실패가 아니고 지극히 정상적인 일이다. 죽음이 인간에게 적일지는 몰라도 사물의 정상적인 순리이다. 이 진실을 어렴풋이나마 알고는 있어도 이해하지는 못했다. 죽음 역시 누구에게나 적용이 되지만 사랑하는 사람에게 적용된다는 사실만은 용납할 수가 없었다. 그렇다면 나는 여기까지 와서 그녀를 지켜내지 못한 미안함과 위안을 얻기 위해, 최선을 다했으므로 이제 괜찮다는 면죄부를 스스로에게 주기 위해서 여기까지 온 것일까.

갑자기 피범벅이 된 채로 괴로워하던 오달의 얼굴이 아지랑이처럼 눈앞에서 아른거렸다. 이내 어디선가 시끄러운 굉음이 귓전으로 서서히 다가오는 것이 직감적으로 느껴졌다.

때마침 흙모래 바람을 흩날리면서 오토바이 한 대가 빠르게 달려오고 있었다. 나는 미간을 잔뜩 찌푸리고 코를 틀어막으며 길옆으로 비스듬하게 비켜섰다. 희뿌연 모래 안개가 걷히자, 요란한 오토바이가 스쳐 지나가자, 뭔가 살짝 베인 듯한 느낌에 팔을 보자 시뻘건 핏물이 흘렀다. 이내 뒤돌아보자, 두 번째 오토바이가 각목으로 뒷통수를 사정없이 후려쳤다.

  정신은 혼미해졌다.

'딱' '억' 정신이 몽롱해지면서 머리에선 선홍색 빨간 피가 이마 위에서 일자로 '쭉' 흘러내렸다. 사내는 나의 목에 걸린 목걸이를 잠깐

주시하더니. 아리까리 야릇한 미소를 지으며 목걸이를 사정없이 당겨서 그것을 주머니에 쑥 넣었다.

 나의 몸은 억센 뿌리가 대지를 뚫고 올라와 육체를 감고 마구 삼키듯 했다.

정신은 점점 아릿해져 호흡하기가 힘들어졌다.

가슴 깊은 곳에선 본능적으로 물었다.

아직 끝나지 않은 건가?

사방은 캄캄해지고 들판의 엄청난 바람과 억새풀 스치는 소리를 자장가 삼아, 땅 밑으로 깊숙이 꺼지듯이 잠들었다.

..................학교 후문 단골 식당에선 한 창 술판이 무르익어 가고 있었다. 무리 사이로 낯익은 덕원과 마담이 기분 좋게 건배를 외쳤다.

"자, 여태, 모두들 수고 했다. 간빠이."

단체로 외쳤다.

"간빠이.

덕원이 잔을 쳐들고 선창하자, 모두가 즐겁게 호응했다. 마담과 덕원은 수단과 방법을 가리지 않고 뜻을 이루어낸 만연의 비열한 웃음을 흐뭇하게 띠고 있었다.

오달은 식당 문을 살포시 열고 술 취한 그들 너머 뒤편으로, 회색 가방을 메고 조용히 식당 안으로 들어왔다. 덕원은 이를 드러내며 너털

웃음을 웃는 한편, 날카로운 눈빛으로 오달의 행색을 관찰했다. 그의 행색이 나쁘지는 않았던 모양이었던지 덕원은 무뚝뚝하게 '수고했어. 의미의 옅은 미소를 지어 보였다.

그날의 상처가 오롯이 남아있는 넋 나간 듯 바싹 마른 오달은 한쪽 눈은 안대를 하고 다시 식당 밖으로 절뚝거리면서 나갔다. 다급했는지 골목 안 좁은 벽을 부여잡고 서서 누런 오줌을 누었다.

아직 아물지 않은 상처로 고통스러운 신음이 자신도 모르게 꽉 다문 입술 사이로 '어 흐'하고 새어 나왔다. 지린 오줌이 차가운 새벽공기에 모락모락 연기를 뿜으며 식어가고 까무룩 의식을 잃었을 즈음, 어둠 속에서 슬그머니 불청객이 숨죽여 다가오고 있었다. 오달은 사내의 인기척은 전혀 알아채지 못했다.

사내의 손에는 날카로운 사시미 칼이 쥐어져 있었고 오달의 심장 중심부를 향해서 힘껏 누른 다음 칼을 비틀었다. 단 한마디 비명도 없이 희어멀건한 눈동자를 부릅뜨고 입은 헤벌린 채, 어두운 골목 바닥에 엎어졌다. 가냘픈 의식은 잠시 머물렀다가 다시 멀어졌다. 흥건히 쏟아지는 핏물은 삽시간에 도로까지 시냇물처럼 퍼져 갔다. 주위엔 아무런 인기척도 없었다. 정적만이 흘렀다.

도로 바닥에 떨어진 그녀와 함께 찍은 지갑 속 빛바랜 사진과 '으응' 하며 희미한 소리와 오묘한 미소를 짓는 그의 얼굴이 애잔해 보였다.

새벽녘, 훤하게 불 켜진 식당 분위기는 점점 절정으로 치달았다. 시끌벅적한 사내들의 웃음소리가 연신 동네 어귀까지 울려 퍼졌다. 덕원은 숟가락을 마이크 삼아 혼곤한 목소리로 유행가를 흥얼거렸다.

"그대에 싸늘한 눈가에 고이는 이슬이 아름다워, 하염없이 바라보네, 내 마음도 따라 우네, 가여운 나의 여인이여! 노래가 무르익자, 마담도 보조를 맞추며 우아하게 따라 불렀다.

한 소절이 끝나고 후렴이 막 시작되기 전, 중간에 졸개 한 명이 슬며시 다가와서 덕원에게 귓속말로 속삭였다.

"마무리됐습니다."

그는 오묘하고 알 수 없는 비열한 미소로 소주로 '아..... 기글하고 꿀꺽 넘기며 말했다.

음..........그래.

"오사마리 확실히 했나? 이....만 하마... 내가 이깃쁘제?

안그렇나?

니는 으에 생각하노?

그라고,

실수가 반복되면 실력인기야...... 사람은 말이야........... 죽을 고비를 몇 번 넘기면, 다........... 나도 모르게 조금씩은 해괴해 지거등.

인간은 경험하지 못한 거짓말은 못하는 법이지. 무슨 말인지 알지..........

세상이 다 그래! 이레야 살고.................

이제 내 실력이 좀 느는 것 같네...................근디 영철[살인마]임마는 살아잇나, 죽엇쁜나? 으찌됐노?

사실 이넘이 지...인짜 세제쓰[세상에서 제일 쓰레기] 아이가? 거..비하마 내는 얼라아이가, 얼라!

갑자기 문을 열고 그닥 싹싹해 보이지 않는 주차원이 얼굴을 빠끔히 밀면서 말했다.

'여어, 문 앞에 소나타 차주 잇는교, 소나타, 소나타.

'아 예. 갑니다.

야이, 이 양반아, 차를 문 앞에 데면 어야능교?

덕원은 졸개를 다그쳤다.

마, 퍼득 빼줘라.

그때 뉴스가 흘러나왔다. 시선이 일제히 뉴스에 꽂혔다.

속보입니다. 화성 연쇄살인사건의 유력 용의자 이춘재씨가 모방범죄로 알려진 화성 8차 사건을 포함한 10건의 사건과 그외 4건의 살인을 저질렀다고 자백하며, 경찰이 이씨와의 '진실게임'에 나섰습니다. 이씨가 프로파일러와 라포르(rapport·신뢰관계)를 형성하며 실제 범행을 털어놨을 수도 있지만, 그가 자신을 과시하고자 허위사실을 말했거나 다른 목적을 갖고 자백했을 가능성도 있어 사실확인이 필요하고 경찰은 화성사건 외에도 이씨가 자백한 4건의 사건도 들여다보고 있습니다. 이상 김민기자였습니다.

덕원은 소리쳤다.

'아이고, 얼빵한 짜바리 쉐끼들. 감옥에 버얼써 잡혀있는 줄도 모르고 노오상 헛다리짚다가 볼장다보는기라. 사건터지마, 무조건 자기

관할아이다고 헛소리나 질질 햇싸고. 그라이, 한심한 공무원 시키들은 몽둥이가 약인기라."

아이고 마! 대가빠리짜개지것다. 고마 씨부리고 여서 시마이 해뿌자!

그는 마담에게 바로 가지 않도록 턱을 약간 들어 담배 연기를 뿜는 매너를 잊지 않고 회심의 미소를 지었다.

노래는 배경이 되어 잔잔하게 흘렀다.

"외로운 사람끼리 아! 만나서 그렇게 또 정이 들고..........

.... 희뿌연 안개가 낀 논두렁 비포장도로에 온몸이 피투성이가 된 나는 절뚝거리면서 힘겹게 걸어갔다. 다시 돌에 걸려 넘어졌다.

이제 팔다리를 놀릴 힘조차 버거웠다. 트럭이 요란한 굉음과 함께 먼지를 흩날리며 시골의 거친 도로를 질주해 지나갔다. 흙먼지가 날리고 갑자기 요란한 천둥소리와 함께 소낙비가 내렸다.

"우르르..........콰...과... 쾅....쾅!

"쏴................아.......

비는 그렇게 점점 더 거세게 내리고 한참을 더 내렸다.

이것이 진정 이길 수 없는 싸움이라면, 아군이 모두 소멸할 때까지 싸우는 전사는 정녕 원치 않는다.

육체는 자빠지고 엎어지고 꺼져가는 호롱불처럼 다시 또 사그라졌다. 정신이 몽롱하게 서서히 잠이 왔다. 잠시 의식을 잃은 탓일까? 비에 흠뻑 젖어 가까스로 고개를 들었다.

한 줄기 생명의 끈을 놓치고 싶지 않고 남겨진 희망을 위해 끝까지 발버둥 치고 싶었다. 살기 위해 쏟아지는 잠을 떨치려 애쓰지만, 의지와 상관없이 차츰 눈은 저절로 감겼다.

아득히 멀어지는 행복한 기억을 되씹을수록 무아지경 속으로 점점 *빠져들었다.*

그것은 필시 육체와 생각과 상관없이 마치 지니의 마법처럼 세밀하게 되어가는 이 기분이, 비로소 최고로 행복한 순간이 아닐까?

죽으면 잠이나 실컷 편하게 잘까? 좋은 것은 땡전 한 푼 없어도 저승 갈 노잣돈이야, 어느 누가 손에 꼭 쥐어 주겠니. 이승이야 원래부터 천국으로 가기 위해 잠시 머무르는 따라지 같은 지옥 정거장이 아니겠는가? 금수저를 물고 태어난 놈도, 부랄 두 쪽만 달랑 달고 태어난 놈도 결국 죽어 문드러지면 모두 공평하게 먼지로 돌아간다는 그 사실에 잠시 알 수 없는 묘한 허무와 위안이 서로 교차했다.

나는 불어오는 시원한 실바람과 함께 천만년 시간 속을 마음껏 헤집고 다녔다.

우연히 곁을 지나가는 성숙한 여인이 시간이 얼마나 지났는지 물어본다면, 아마 저녁 6시라고 대답했을 것이다. 하지만 벌써 시간은 새벽을 지나 이미 동이 트고 있었다.

넋이 절반쯤 나간 간절한 영혼은 이것이 꿈인지, 현실인지 벌떡벌떡 살아서 고동치는 건강한 심장을 가진 이름 모를 여인이 배후에서 육체와 정신을 끊임없이 조종하고 있는 상상이 들었다.

내가 꿈을 꾸는 것이 아니라, 꿈이 나를 무대 위에 올려놓은 발레리나처럼 육체를 마음껏 조종하고 유린하듯이.

차가운 얼음장 같은 길바닥에 누워있는 긴 시간 동안 나는 커다란 기쁨을 주는 변화가 일기 시작했다.

그 시간 동안은 아주 행복하고 모든 것을 잊어버렸다. 육체는 아주 편해졌다. 그러나 조금이라도 살려고 의식하고 아등바등 몸부림을 치면 갑자기 호흡이 가빠지고 숨이 찼다.

나는 살고 싶다. 나에게는 아직도 삶의 희망은 남아있다. 그때까지 얼마나 최악의 지옥 같은 고통이 있을 것이며 얼마나 찬란한 인생이 펼쳐질 것인가!

그러나 기적이라는 단어를 믿고 싶다. 바람처럼 지난 과거의 그 모든 아픔과 고통은 과연 무엇이란 말인가!

이성 뒤에 감추어진 어리석고 나약한 인간은 어쩔 수 없이 죄를 지을 수밖에 없는 한낱 보잘것없는 미미한 존재이다. 알면서 똑같은 실수를 반복하는 것 역시 비겁한 인간이다. 내가 사는 이 땅과 저 하늘의 별과 달이 인간에게 무관심한 것은 우리 자신이 타인에게 무관심한 것과 같다.

죽기 전, 지구란 아주 작은 행성에서 한 인간이 누릴 수 있는 행복한 최상의 기쁨은 아마 사람들과의 화합과 소통, 어울림의 일치가 아닐까?

지금 그 어떤 선택의 여지도 없다. 묵묵히 특급열차처럼 빠르게 몰려오는 죽음을 온몸이 시리도록 그저 감당하고만 있을 뿐.

삶의 뒤안길에서 남겨진 것들은 배신과 좌절, 그리고 상처와 욕망 이런 것들은 세월 따라 자연스럽게 시간에 의해서 치유되고, 이 모든 것을 수용할 때 인간은 스스로 성장한다.

삶은 내가 모든 것을 해결할 수 있는 것도 아닐뿐더러 죄책감마저 짐이 되지만 그럼에도 삶은 이해의 대상이 아니라 그저 살아나가야만 하는 그것 자체이다.

인간은 계속 살아나가야 하고 그것만이 유일한 희망이 될 수 있다.

결국 시간이 흐르는 대로 삶은 그냥 사는 것이고 정직하고 착하게 사는 것밖에 없다.

..........맥없이 젖은 고개를 다시 드니 어린 시절 숨바꼭질이 아스라이 떠올랐다.

'으데 잇노 상철아?

머하고 잇노. 퍼득 따라 온나. 라고 말하는 동시에 옥상 난간의 발을 헛디디고 난간을 붙잡고 있는 그의 팔목을 잡고 순간 어른으로 변한 얼굴로 나는 말했다.

꽉 잡아라, 으윽....

그의 손목을 잡은 손에 힘이 서서히 풀리면서 나는 뇌까렸다.

"지금 와서 문득 드는 생각인디."

"우리가 이레 같이 놀아 본적이 한번도 없다잉. 고것이 억수로 이상

안허냐?

'내는 인생이 지옥 같은 막장인 줄 알았는데 살다보이 점점 코메디야.

"니는 세상이 참말로 재미있어서 사나?"

"내는 아이다, 인생은....... 이해하는 기 아이고, 낼 눈 뜨마, 재미있을 줄 알고 절로 기냥 사는 기다. 죽음이 닥치면..........어짜지건 간에.......

삶은 훨씬 더 매력적으로 느껴지거등......................

어짜피 낼이면.........................

그 놈의 해는.....

어김없이.

또...뜨는 기고..........

그때 옥상 난간에 매달린 그의 팔목을 놓친 나의 손가락은 방아쇠를 당기듯이 점점 오그라들었다.

상철은 울부짖으며 옥상에서 떨어졌다.

성엽아..............

상철의 음성이 용수철처럼 튀어올랐다. 얼굴은 일

그러졌다.

이내 과거는 현실 속으로 관통되어 누워있던 나의 머리통에 총알 한 발이 강하게 발사됐다.

       탕...................앙...................앙

....

       고요한 적막이 흐르고.

강한 충격에 튕기면서 붉은 피가 온통 얼굴에 피범벅이 되었다. 나는 눈을 부릅뜬 채 쓰러졌다.

   빗물은 얼굴에 하염없이 쏟아지고 핏물이 뺨을 타고 흘러내렸다.

소낙비는 억수같이 내리고 또 내렸다.

       싸....아.....

우르르 콰 쾅............................

     비가 내리고...

       내리고.

꺼져가는 희미한 의식 속에서 문득 나는 깨달았다.

"오직 욕망만 쫓고 마음은 다스릴 줄 모르니,

결국

근본을 버리고

끝..을 쫓는

인가이 될 줄

내도...

으..찌 알았겠노."

이 끝장내고 말,

빌어먹을

쓰레기 같은 세상........

위급한 사이렌 소리와 함께 응급차가 도착했다.

애......잉........이......잉...

TV에서 뉴스가 발 빠르게 소식을 전했다.

속보입니다. 오늘 논두렁 야산에 정체불명의 한 남자가 머리에 총상을 입고 숨진 채 발견되었습니다.

자살인지, 타살인지 원한 관계와 경찰은 그 배후 세력을 쫓고 있습니다.

이상 9시 뉴스 최정란이었습니다. 오늘 하루도 편한 밤 되십시오.

이어서 뉴스와 광고가 어지럽게 흘러나왔다.

12시에 만나요 브라보콘...살짝쿵 데이트 해태브라보콘......좋은 사람 만나면 나눠주고 싶어요 껌이라면 역시 롯데껌......

 눈을 부릅뜬 채 쓰러진 눈에서 석양이 서서히 물들면 나의 영혼이 몸을 흐느적거리면서 골목 언덕 오르막길에서 노을을 바라보며 춤을 추고 있었다.

손, 팔, 머리가 서서히 잠에서 깨어나듯이 조금씩 꿈틀거리며 움직였다.

비둘기가 놀고 있는 작은 언덕길을 오르면서 술에 취한 듯 비틀거리면서 몸이 가는 대로 춤을 추었다.

춤추는 실루엣 사이로 노을빛이 일렁이고 취한 듯 영혼의 슬픈 기운이 동작에서 뱀처럼 뿜어져 나왔다.

처연하게 춤을 추고.

다시 춤을 추고.

자발적인 움직임으로 육체를 통해 행복을 느낄 수 있는 것, 그것이 인간이 누릴 수 있는 최상의 행복이 아닐까?

잠시 석양을 향해 멈칫하며 돌아본 영혼의 얼굴은 어느새 주름이 자글자글한 노인이 되어 미소를 지으며 말했다.

"성엽아, 여태 지랄같은 시상산다고 마..이 욕 봤데이."

노인이 천천히 다가와 우두커니 서 있는 낯선 청년과 포옹하며 등을 토닥토닥 두드렸다.

청년은 궁금해 물었다.

누구세요?
노인이 말했다.

그게 궁금혀,

낸중에 다………. 알게 될 거여.

시방

몰라도.

노인의 입꼬리가 슬며시 올라갔다.

비둘기가 석양을 향해 힘찬 날갯짓을 하며 하늘 높이 날아올랐다.

하늘로 올라가는 나의 영혼은 마음속으로 한참을 뇌까렸다.

"여태 세상 사는 거를 환상 속에서 노는 것 모양으로 개망나니같이 똥 폼지고 살아서 그 으떤 넘도 겁나는 게 없었다 아이가? 세상에 대한 무서움이 지멋대로 육체를 가지고 놀게 놔두면 낸중에 다...아 늙어지마, 한 줌의 먼지로 흔적도 없이 사라질거여. 그때 가서 하찮고 낯선 그 몸뚱아리를 온전히 내 육체라고 말할 수 잇것나?"

"이 죽음이 내 삶의 가장 큰 축복이 되길..............."

#에필로그/

20년 후/

구름속에서 새하얀 깃털이 서서히 내려오고 흰 눈발이 흩날리는 을씨년스러운 크리스마스이브 날. 고즈넉하게 멀리서 교회 종소리가 울리고 저마다 바쁘게 걸어가는 남루한 사람들 뒤로 건너편 자갈치 시장을 지나 국제시장 안으로 골목 한 모퉁이를 지나서 낯선 청년이 자신의 아지트와 같은 작은 방에서 거리로 나와, 잠깐 망설이는 표정으로 도로 건너편 은행을 향해 천천히 발걸음을 재촉한다.

양복을 말끔하게 차려입은 청년은 온기가 따뜻한 은행 안으로 들어왔다.

마침 뉴스 속보가 흘러나왔다. 한 사내가 미소를 머금고 형무소 정문을 걸어 나오는 그림이 보였다.

기자들 웅성거리는 소리와 카메라 터지는 소리와 카랑카랑한 아나운서의 목소리가 들렸다.

펑,펑, 찰칵, 찰칵……

방금 들어 온 속보를 전해드립니다. 2006년 살인 교사 주범인 김 씨가 무기징역을 선고받고 모범수로 가석방되어 출소하였습니다.

당시 김 씨는 대학 후배와 내연녀의 동거남을 살인 교사한 혐의로 무기징역을 선고받고 20년 복역 후 모범수로 인정되어 가석방으로 오늘 출소했습니다.

"살인마 가석방 반대. 반대.

"찰칵. 찰칵………

    어수선한 가운데 기자가 물었다.

"한마디 하시죠…지금 기분이 어떻습니까?

    "덕분에 밥 마이 묵고 갑니다.

조롱하듯 둘러보며 그가 말했다.

"다들 차….암 열씨미들 사셔, 열시미들 살어. 내가 너거들 깔다구도 아이고.

까발리면 니들도 다…. 똑같아.

씩 웃으며.

    "올도……. 불철주야………………
     밥통 챙기느라………………

다들,,,,,,,,,,,,,,,

좆....뺑이

치소.................

쯧쯧…

기자들의 시선이 일제히 그에게 꽂혔다.

찰칵..찰칵…

"에라이 진짜........................

TV 화면에 신문 기사가 일면을 장식했다.

살인자 세상에 화두를 던지고 쿨하게 퇴장하다.

멍하니 TV를 보다가 은행 안으로 불쑥 들어온 청년은 상상으로만 그려왔던 제복 차림의 여사원이 한눈에 '쏙' 들어왔다. 입가에는 온화한 미소와 함께 깔끔한 정장의 그녀는 이미 어쩔 수 없는 천상미인이었다.

"여 어, 은행에 적금 하나 들라 카는 데, 머, 들 만한 거 있어예?"

그녀는 나긋하게 물었다.

"아, 적금 드시려고요?"

그때 벌 한 마리가 '웽'하면서 날아왔다. 깜짝 놀란 여사원은 자기도 모르게 비명을 질렀다.

"어머, 벌이야!"

그는 무심하게 벌의 날개를 손으로 '콕' 집어서 멀리 허공에 날려 보내 주었다. 겨우 이깟 일 정도는 별로 대수롭지 않다는 듯이 동전 꾸러미를 한 아름 들고 와서 다시되 물었다.

"그럼, 여기, 동전 마카다[전부] 적금 들어 주이소? 아, 그라고, 여기 초대권?"

"어머, 이게 무슨 초대권이죠?"

"아, 제가 만든 공연 초대권이라 예. 시간 되면 꼭 한번 보러 오이소!"

청년은 흐뭇한 미소와 함께 은행 문을 열고 밖으로 나왔다. 하늘에선 새하얀 깃털이 서서히 유영하면서 내려올 때쯤 마침 길거리 좌판에서 할머니가 절박한 어조로 말했다.

"총각, 목걸이 하나 사요?

'할매, 얼마에요. 마침 여자 친구에게 머 사줄까 하던 차에 잘됐네요.

"5천원요."

청년은 만 원짜리를 한 장 건네주면서 말했다.

할매, 잔돈은 됐어요. 마이 파세요.

'어유, 고마워이 총각.

어느새 깃털이 할머니 신발에 살포시 내려앉았다. 이내 어느 사내3[오달]의 외침 소리가 할머니 귓가에 쩌렁쩌렁하게 들렸다.

"종희야."

깃털을 줍는 할머니 손에서 시간은 빛의 속도로 과거를 회상했다.

고개를 수그리고 깃털을 주우며 누군가 부르는 소리에 흠칫 돌아본 여인의 뒷머리가 팔락거렸다.

은행 문을 열고 나오면서 사내3[오달]가 말했다.

"이제 오는 길이가? 아까 오다가 억...시 이뻐서 요 앞에서 샀는데, 맘에 드나, 으떤노? 목에 함 걸어 봐라.

그녀는 깃털을 유심히 보다가 고개를 '획' 돌리면서 말했다.

"그렇게 촌스러운 걸 하라고? 자긴 내가 좋아하는 취향을 아직도 그렇...게 모르니?

그는 당황스럽게 말했다.

"니가 조아할 줄 알고 샀는데 으짜노? 그가 잠시 곰곰이 생각하더니.

"아, 그라마 이거 오늘 내 친구한테 선물로 주삐라. 글마도 니가 주마, 입째질기다.

그녀의 표정이 밝아지면서.

"어머, 댓츠 굳 아이디어네. 나중에 뒷감당 어찌하려고. 여튼 잔머리 굴리는 건 조선 최고야.

오달은 맞장구를 쳤다.

"자기하고 내만 알지 언넘이 알겠노? 내가 다..아 알아서 하께. 자기 먼저 들어가삐라. 같이 들어가마 아덜 의심한다카이. 아덜한테 화장실간다캣는데. 아쉭끼들, 똥통에 빠진 줄 알것다. 언능가삐라......

"호호. 여튼 조심히 오셔. 난 모르척 할 테니까?

그는 손짓으로 빨리 가라고 신호했다.

갑자기 소낙비가 주르륵 내렸다.

우르르 과 쾅..............

쏴....아....................

비가 억수같이 내렸다.

그녀는 손으로 머리를 가리고 건너편 불이 켜진 조그만 가게로 바삐 뛰어갔다.

식당 안에서 한 사내1[철호]가 손을 번쩍 들고 말했다.

"어, 여기!....종희 왔네.

비,, 마이 안맞았나! 괘안나!,,인사해라!.... 내 친구, 성엽이다!

그녀는 머리를 매만지고 배시시 웃으며 말했다.

"괘안타...갑자기 비가, 와이리 오노.,....반가워! 이 종희라고 해! 잘 지내.

같은 학년인데?"

사내2는[성엽] 천연덕스럽게 말했다.

"그으래 ... 아덜한테 니 얘기 귀에 못이 박히도록 마이 들었다. 아이가.....

앞으로 잘지내 보자".....

그녀는 새침하게 말했다.

"잠깐 눈 좀 감아 볼래?

'갑자기 눈은 왜 감노?

빨리 감아봐.

눈을 감자 그녀는 나의 목에 슬쩍 목걸이를 걸어 주었다.

'이제 눈떠봐.

' 따악....잘 어울리네.

"이기 머으꼬?

"이게 우리 아빠가 돌아가실 때 날 지켜준다고 준건데, 힘들 때 널 지켜줄 거야.

"근데, 니 눈동자가 왠지 행복하게 보이질 않아.

나는 눈이 휘둥그레지며 말했다.

"거참, 신기하네? 니는 사람 눈만 보면 다 보이는 가비네.

" 내가 이런 거 받아도 되나, 너 거 아빠가 준 건데?

"아무렴 어떠니, 좋은 일인데. 평소에 나보다 힘든 사람 있으면 서로 도와주고 집에 친구들이 놀러 와서 값비싼 물건이 없어져도 알아도 모른 척 늘 양보하고 살라고 그렇게 말씀하셨어. 하늘에서 아빠도 좋아하실 거야. 우리가 첨 만난 이정표로 주는 거야.

"잊지마."

나는 괜히 머리를 쓰다듬으면서 말했다.

"내 참. 태어나서 여자한테 이런 모호한 기분은 첨 느끼 본다."

내 감정을 침범하고 있는 이 야릇한 기분은 또 무엇인지 나는 마음 속으로 뇌까렸다.

그녀의 작은 친절에 나는 입가에 슬며시 미소가 지어졌다.

사내1[철호]가 이때다 싶어서 냉큼 끼어들었다.

"아이고, 남사시러버라. 엽이 올 기분 째지네...종희한테 홀딱 빠지가, 선물까이 받고, 오늘부터 잘 해보거래이, 그리고, 니, 엊그제 종희 마이 좋아한다고 했잖아? 쪽이 밥 먹여 주나? 이참에 둘이 한번 잘..알 사귀어 봐라."

"아덜한테 다 말했응께. .....

나는 얼굴이 빨갛게 달아오르면서 말했다.

"아따, 고마 씨부리고 쳐드시오.

그때에야 무리 중 한 사내3[오달]가 아무것도 모른 척 드르륵 문을 열고 들어왔다.

"아이고....갑자기 설사가 와이래나노?....어, 종희왔나? 와, 그단새 너거들끼리 머슨 조은 일 있었나? 분위기 와이래 조용하노?

오달은 뜬금없이 물었다.

"종희야! 니도...성엽이 존나.... 으떤노?

의미심장한 그녀의 미소는 학창 시절을 회상하고 사랑은 천둥소리와 함께 비가 되어 세차게 쏟아졌다.

"니는 담배와 사랑 중에 공통점이 머라 생각 하노?"

"그기 머슨 말이고?"

"피우고 사길 땐 좋아서 미치는데........ 끊으면..... 사는 게 허무하고... 재미없다, 아이가? 사랑도 그렇고......... 안 그렇나?.......... 니는.... 으에 생각 하노?"

"아이고, 배야, 갑자기 속이 와이래 안존노? 화장실 퍼득 갓다오께. 너거들끼리 먼저 마시고 잇어라잉.

아스라이 푸른 기억은 안개가 자욱한 초록 들판 위를 세 사람이 그들만의 느낌으로 신명나게 한바탕 춤을 추면 남진의 빈 잔이 춤에 젖어 잔잔하게 흐른다.

그대에 싸늘한 눈가에 고이는 이슬이 아름다워.

하염없이 바라보네.

내 마음도 따라 우네.

가여운 나에 여인이여.

외로운 사람끼리 아, 만나서 그렇게 또 사랑하고 어짜피 인생이란 빈 술잔 들고 취하는 거 그대여 나머지 사랑은 나에 빈 잔을 채워... 주........

음악에 젖은 비는 하염없이 내리고 또 내렸다.

우르르 콰 쾅...........

쏴....아................아.....

이렇게 될 줄 이미 직감으로 알면서도 어쩔 수가 없네.

고대나 현대나 인간의 배신은 습관이고 계속 반복될기다.

The End.

2024년 안타깝게 요절한 신촌부르스 보컬 친구 정선연에게 이 책을 받치며 삼가 고인의 명복과 영혼의 위로를 전한다.

드라마.ost.고독/노래/ 정선연

-
- ♫고독/정선연
-
- 사랑이었다.
-
- 어떤 말로도 내게....표현할수 없는 많은 날들의 눈물..
-
- 무엇이었나...
-
- 그대 이름 부르면...살고싶은 그대의 날.. 느낄 수 있어..
-
- 무엇을 내가...주저하는지..
-
- 내게 다가온 사랑인데...
-
- 그대 웃으면...나도 웃게 되니...
-
- 체념하듯 그댈 따라가지만....
-
- 사랑이란 이름으로 감당치 못할....
-
- 그대 꿈꿀수 있어 난 행복한데..
-
- 그대 보다 내가 더 아플 자신 없어...
-
- 그댈 부를 수 없어요.....

작가의 말

2014년 이 책의 첫 페이지를 썼다.

이후 딱 3년을 잡고 2015년 초 세밑에야 그다음을 이어쓰기 시작했다. 5년 전에 전부 쓰고 이후 띄엄띄엄 수많은 수정 탈고 부분이 딱 10년 걸렸다. 아니 음식도 숙성 과정이 있듯이 책도 마찬가지로 숙성을 거쳐야 비로소 완성된다.

이 소설과 내 삶이 꽁꽁 묶여 있던 시간이 고등 시절부터 대학 20년 후 성인까지는 실화이고 사실 위주로 농후하고 감정을 세밀하게 표현할려고 애를 많이 썼다. 마지막 엔딩 부분에 다소 많은 시간과 고민을 많이 했다. 영화와 소설의 중간쯤 경계에 걸쳐 있는 작품이다. 시나리오나 소설이나 살아있는 생물 같아서 늘 변화의 연속이다.

독자들은 줄거리보다 인물의 감정선을 따라 애틋함, 성냄, 어리석음, 욕심을 음미하면서 천천히 사색하길 바란다.

주인공의 내면을 찬찬히 음미하면서 따라가다 보면 결국엔 이것이 인간에 대한 지극한 사랑의 소설이기를 간절히 빌어본다.

후반 부분은 상상이 가미되었고 현실과 미래적 텍스트가 왔다 갔다 하니 독자들은 복잡하더라도 너그럽게 이해하고 봐주길 바란다.

무용에서 글 쓰는 작가로, 글을 쓰다 보니 소설이란 이야기를 쓰고 이야기에 빠지다 보니 자연스럽게 같은 이야기 맥락인 시나리오로, 영화로 물 흐르듯이 팔자가 바뀌어 가는 것을 새삼 느낀다. 꼭 끝장을 봐야만 하는 섬뜩한 숙명처럼 느껴질 때가 많다. 그래서 싫어도 그냥 하는것이고 조금씩 쓰다 보니 시나브로 시나브로 친밀한 배신자까지 왔다.

이 소설을 완성하는 데 귀한 도움을 주신 존경하는 조흥동 선생님, 야인시대 박영록 형님, 두말없이 믿고 지지 해준 천사 길건 배우님. 늘 힘을 주시는 유통. 이동준 형님, 플라맹코 멋지게 선사한 후배 로사, 이태리 캘리그라프 작가 미켈리님, 나를 소리없이 묵묵히 응원하는 모든 이들과 무더위 한결같이 마지막까지 힘을 나누어주신 남신 편집자님께 감사를 드린다.

다시 한번 마음을 대해 모든 분들게 깊이 감사드린다.

2025 겨울 초입에

윤 상 드림

예술/윤 상

고통스러운 삶을 위로하는 건 오직 예술만이 보듬어 줄 수 있다.

다만 타인의 시기, 질투, 비난 앞에 초연할 수만 있다면

우리 모두 자신만의 행복한 춤을 한바탕 멋들어지게 출 수 있을 것이다.

마지막 원고를 끝내면서…….

2025,,,,.
        어느 찬바람 스치는 겨울 초입에.

                    윤 상   드림.

삶을 축제처럼

삶을 영화처럼

카르페디엠 죽음

메멘토모리 겸손

아모르파티 운명

친밀한 배신자
TRASHY

저　　자 : 윤　상
초판인쇄 : 2025년 11월 7일
발 행 일 : 2025년 11월 8일
편　　집 : NSBOOK
서울출판사 : 서울특별시 마포구 아현동 277-1
대구출판사 : 대구광역시 중구 남산로4길 148
Tel. 053)422-5092   Fax. 053)422-5093
출판등록 제 20009-000013호
ISBN : 979-11-89054-30-4
가격 : 15,000원

*잘못된 책은 교환해 드립니다